가랑잎에도 팔팔

가랑잎에도 팔팔

모든 것이 눈부셨던 그때, 거기, 우리들의 이야기

김송은 에세이

꽃
피는
책

마침내, 헷세

깜깜한 들길 끝에 알전등이 반짝인다. 드디어 도착이다. 새벽에 집을 나섰는데, 벌써 밤이다. 방학이 시작되면, 엄마는 기다렸다는 듯 나를 외갓집에 보냈다. 방학은 일 나가는 엄마가 양육의 무게를 잠시 내려놓을 수 있는 유일한 시간이었다. 외갓집은 경기도 북쪽 끄트머리의 쇠락한 농가. 버스를 네 번이나 갈아타고, 뱃속에서 노란 위액까지 게워내야 당도할 수 있는 곳이었다. 윗목에 떠 놓은 냉수에 살얼음이 끼는 곳. 소, 개, 토끼, 거위 말고는 같이 놀 친구 하나 없는 곳.

그곳에서는 시간이 느리게 흘렀다. 아무리 살아도, 좀처럼 하루가 끝나지 않았다. 나는 우리에 갇힌 늑대처럼 집 안팎을 하릴없이 헤매었다. 겨울의 농촌은 시간이 멈춘 듯 적막했다. 따분함에 심신을 상실할 지경이었다. 하다 하다 광도 뒤졌다. 거기도 별것 없었다. 종자가 담긴 자루나 수확한 곡식, 벽에 걸린 채 말라가는 나물, 곰팡이 핀 메주… 헛간을 차지한 사물들은 모두 '애들은 가라'며 목소리를 깔았다.

집만큼이나 늙은 차단스 서랍에는 그나마 흥미로운 것들이 좀 있었는데, 그래 봐야 짝이 안 맞는 화투, 나무로 다듬은 윷짝, 새마을 모자, 목장갑, 비사표 성냥, 양초, 반짇고리 같은 것들. 매일 일삼아 여닫다 보니 그것도 곧 매력을 잃었다.

돌연 나는 누군가의 호출에 응답하듯 그 방문 앞에 당도했다. 여태 왜 여기를 몰랐을까. 걸치고 있던 투명망토가 효력을 잃은 듯, 그 방이 갑자기 내 앞에 나타났다. 툇마루를 지나 집의 후미진 꼭지점에 방이 하나 더 있었던 것이다. 냉기와 먼지가 야합한 방에는 괴괴한 연막이 자욱했다. 조심스레 방문을 열면서 나는, 호기심과 목숨을 맞바꾸는 호러 영화 속 멍텅구리들의 마음을 비로소 이해할 수 있었다.

그곳은 오래된 공부방이었다. 킹스크로스역 '9와 3/4' 승강장에서 기차를 잡아탄 해리포터처럼 낯선 공간에 떨어졌다. 먼지 쌓인 책상을 중심으로 의자, 책꽂이, 책가방, 화구, 제도기 같은 물건들이 무심하게 널브러져 있었다. 외갓집과는 어울리지 않는 소품들. 나는 그제야 삼촌과 이모도 한때는 학생이었다는 당연한 사실을 떠올렸다. 심드렁한 표정으로 새벽마다 읍사무소로 출근하는 외삼촌도, 하루 종일 소처럼 일하는 이모도, 이 사물들과 함께 깔깔거리며, 껄떡대며, 울컥하며, 시시덕거리며, 싱숭생숭한 그 시간을 살았을 것이다. 그건 한 번도 상상해본 적이 없었다. 태어나 보니 엄마가 이미 내 엄마이듯 이모도, 삼촌도 언제나 내게는 어른이었다. (오랜 시간이 흐른 뒤 이때 이모의 나이가 고작 스물셋이었다는 사실을 깨닫고 잠깐 울었던가.)

무인도에서 와이파이가 터지는 스폿을 발견한 뉴요커처럼 나는 흥분했다. 거기는 재미있는 것들이 많았다. 오래된 학용품이나 낡은 앨범, 조금만 손보면 가지고 놀 수 있는 장난감들 그리고 책.

레오 버스카글리아, 『살며 사랑하며 배우며』. 셀린저, 『호밀밭의 파수꾼』. 전혜린, 『그리고 아무 말도 하지 않았다』. 닥치는 대로 제목과 작가를 읽어보았지만 초등학생의 지력으로 도전하기에는 역부족이었다. 순간 나는 책꽂이 끄트머리에서 나를 이곳으로 유인했던 목소리의 주인공을 드디어 발견한다.

'데미안'

동화의 세계에 마침표가 찍히는 순간이었다.

첫 장을 펼치고 마지막 책장을 덮을 때까지 나는 그 방에서 꼼짝도 할 수 없었다. 세계가 둘로 쪼개지고, 깊이를 가늠할 수 없는 심연 속에서 은폐되었던 생의 진실이 수상한 정체를 드러내었다. 예고도 없이 유년의 정원에서 방출된 기분. 더이상 하염없이 아름다운 것은 없었다. 이명과 현기증도 생겼다. 아침에 방에 들어갔는데, 이미 늦은 오후. 낯가림 심한 아이처럼 금방이라도 울음이 터질 것 같았다.

그 외딴 방에 머문 긴 하루 동안 밖에는 눈이 내렸다. 잠정 휴업에 돌입한 쇼핑몰처럼 모든 것이 흰 천에 덮였다. 그래서 세상이 더 낯설게 느껴졌나 보다. 나는 눈 쌓인 길을 걸어 저수지에 도착했다. 그나마 떠오르는 곳이 거기였다. 호젓한 곳에서 문득 경이로운 빛을 반사하던 겨울날의 얼음 저수지.

뜨거운 숨을 몰아쉬며 방죽 위에 올라가 보니, 얼음은 온데간데없었다. 아아, 거기에는 하얀 눈벌판이 끝도 없이 펼쳐졌다. 검은 산은 초록을 잃고 밤을 맞을 채비를 하는 중. 소음도 사라졌다. 눈은 성능 좋은 방음제였고, 세상은 절대적 묵음이었다. 수십 년이 지난 지금까지 그보다 더 완벽한 고요는 경험한 적이 없다.

심장에서 뭔가 툭 떨어지는 울림이 살가죽까지 밀려왔다. 소리는 사라지는 방식으로도 울림을 남겼다. 눈밭에 한두 발을 떼어놓자, 고슬고슬하게 쌓인 눈송이들이 하나로 겹쳐지며 뽀드득 소리가 났다. 미끄러지지 않으려 발가락에 힘을 주다가 그만 제대로 나뒹굴었다. 누워서 하늘을 보니, 다른 세상의 문이 열린 듯 아름다웠다. 저녁 하늘에 순도 높은 고독이 깔리는 중이었다. 불현듯 눈물이 흘렀다. 조용히 울다가, 조금 흐느껴 보다가, 나중에는 부러 엉엉 소리도 냈다. 내가 소리를 멈추니 세상이 다시 침묵했다.

건넛산에서 시작된 찬 바람이 가슴 어딘가를 그대로 관통해 지나간 듯, 심장 왼쪽 한켠이 시리고 아팠다. 세상은 어제와 달랐고, 모든 것이 시큰둥했다. 동그란 저수지 한가운데 누워 나는 남루한 서울집의 엄마와 검은 숲의 혜세를 생각했다. 둘은 조금도 닮은 구석이 없었지만, 나를 슬프게 한다는 점에서는 상통했다.

다음 날 일찍, 난 서울로 돌아갔다. 엄마는 별안간 변덕을 부리는 나를 데리러 올 형편이 안 되었다. 방학은 아직 꽤 남았지만, 나는 집으로 돌아가는 방법을 종이에 메모하며 태어나서 처음으로 홀로 긴 여행을 감행했다. 멀미에 시달리는 여자아이 혼자 감당하기에는 험난한 여정이었지만, 내 안에는 이미 그걸 할 수 있는 다른 누군가가 생겼다.

나의 사춘기는 그렇게 왔다.

루카치식으로 말하자면,

길은 끝났고 여행이 시작된 것이다.

차례 ~~~~~

그때나 지금이나,

그리운,

아팠지만,

광기의 탄생

1985년.

중학교에 입학하니 새로운 생태계에 뚝 떨어진 이종 생물처럼 혼란스러웠다.

낯가림이 심했던 나에게 모든 변화는 가급적 피하고 싶은 장애물이었다. 낯선 것들은 잠재적 위협이어서 익숙지 않은 일들에는 일단 한 발 뒤로 물러섰다. 한 발씩 물러서다 보니 적응해야 할 게 너무 많아 나중에는 절벽 끝까지 몰렸다.

남학생들이 사라진 교실에는 62명이나 되는 여중생들로 가득 찼다. 분단 사이의 공간은 한 사람 겨우 지날 정도로 비좁았다. 급히 화장실에라도 가려면 책상 모서리에 허벅지 같은 곳을 부딪혀, 덜렁거리던 나는 1년 내내 멍이 떠나질 않았다.

아팠지만.

캘리포니아 해변의 바다사자처럼 교실에는 아이들이 징그럽게도 많았다.

 1년에 공식 시험만 여덟 번.
 반 등수와 전교 등수가 일렬로 늘어섰고, 그 정보는 전교생에게 대낮처럼 오픈되었다. 작년까지는 상중하로 대충 삼 등분 해놓은 성적표를 받았었는데, 중학생이 되니 전 과목 총점까지 합산하여 등수가 매겨졌다. 아이들은 그 적나라한 계급의 사다리에 큰 충격을 먹었다. 한 학기에 네 번의 시험을 보았고, 평균 90점 이상에게는 공개적으로 상장까지 주어졌다.
 과목마다 선생님이 바뀌는 것도 적응하기까지 꽤 시간이 걸렸다. 선생들은 굵기와 길이만 다를 뿐 모두 자기 손에 착감기는 막대기 하나씩을 들고 다녔다. 선생마다 민감한 부분이 있었는데, 그걸 모르고 눈치 없이 굴다가는 그 막대기에 머리통, 손바닥, 엉덩이 등이 아작났다. 선생들은 인권이라는 말이 아직 사전에 등재되기 전인 것처럼 학생들을 대했다. 아이들은 이 거친 생태계를 파악하고자 모래 속 꽃게처럼 눈만 빠끔거렸다.
 적어도 3월 한 달 동안은.

 하지만 얼마 지나지 않아 이 얌전한 고양이의 시간도 유통

기간이 만료되었고, 슬슬 발동이 걸리기 시작했다. 이전까지 경험한 적 없는 대환장쇼가 대기하고 있었다. 핑크와 레이스에 미치고, 무엇을 하든 기본값으로 새침함이 따라붙던 유아기의 공주병이 감쪽같이 완치된 것이다. 이 자유로운 금남의 야생에서, 아이들은 야수로 거듭났다. 태생이 얌전한 몇몇은 교실 구석에서 무리를 이루며 곰팡이 군락처럼 소곤소곤 피어났고, 이전까지 말괄량이 등속의 귀여운 별칭으로 불리던 또 다른 이들은 본격적으로 흑화되어 광기를 뿜기 시작했다.

쉬는 시간 종소리는 그들의 변신을 일깨우는 마력을 발휘했다. 투우장에 들어선 소처럼 아이들은 종소리와 함께 돌변했다. 광기의 중심은 윤진을 리더로 하는 밴드였다. 밴드 이름은 '날으는 똥파리와 위대한 탄생'. '조용필과 위대한 탄생'의 중딩 버전이었다. 종이 울리자마자 두세 명이 잽싸게 사물함에서 배드민턴 채를 들고 와 기타 치는 시늉을 했다. 전기자극이 신경을 잘못 건드린 환자처럼 그녀들의 헤드뱅잉은 저세상의 텐션을 보여주었다.

구경꾼들이 그들을 에워싸며 떼창을 시작하면, 밴드의 나머지 멤버는 그 노래에 맞추어 현란한 막춤을 선보였다. 전영록, 송골매, 김범룡 등 신나는 노래면 뭐라도 상관없었다. 한민족은 흥이 많다고 국사책에서 배운 적이 있는데, 그 말이 무슨 뜻인지 대번에 알 수 있는 장면이었다.

그즈음이면 흥분한 훌리건들의 난동도 절정을 향해 치닫는다. 일군의 아이들이 협동하여 교탁을 뒤집어엎으면, 다른 아이들이 그 안으로 뛰어들었다. 또 다른 아이들은 가마꾼처럼 뒤집힌 교탁을 이리저리 끌고 다녔다.

교탁에 올라탄 아이들의 비명 소리, 밴드를 둘러싼 합창 소리, 마침내 교탁이 바닥에 엎어지며 발산하는 굉음, 그 모습에 책상을 두드리며 폭소를 터뜨리는 아이들의 난리법석이 함께 뒤섞여 교실은 그 자체가 어마어마한 소음폭탄이었다.

이 모든 일이 시작되고 마무리되는 데 걸리는 시간은 Just 10 minutes.

수업 시작종이 울리면 모든 것이 정지했다.
즐겁게 춤을 추다가 그대로 멈춘! 아이들.
순식간에 물건들은 제자리를 찾고,
교탁은 각을 맞췄으며,
아이들은 자기 자리에 앉아 태연하게 선생님을 맞았다.
전등 스위치를 올리자마자 자취를 감추는 한밤의 바퀴벌레들 같았다.

야생의 시대

여학생들은 대부분 중학교 시절 꼬챙이에서 뚱땡이로 극적인 변신을 한다. 교실에는 아직 생리를 시작하지 않아 아동기의 육체와 정신을 지닌 어린이들이 한 부류 있었고, 변화된 호르몬 덕분에 몸 곳곳으로 지방을 맞이하다가 아차 하는 사이에 그만 적정선을 넘어버린 과체중들이 또 한 부류 존재했다. 나머지는 각자 꼬챙이에서 뚱땡이로 넘어가는 중간 어디쯤에 분포했다.

'날으는 똥파리와 위대한 탄생'의 리더였던 윤진과 그 밖의 똥파리들은 대부분 꼬챙이에 속했다. 마음에도 아직 사춘기의 먹구름이 당도하지 않아 그들의 상태는 늘 '맑음'이었다. '뭐좀 재미있는 일 없을까' 하는 표정으로 입맛을 다시며 늘 개구

아팠지만.

진 눈빛을 반짝였다. 초등학교 때 '까불이'나 '촉새' 같은 별명으로 불리던 남자애들과 교실 내 역할이 같았다.

뚱땡이 부류의 무게중심은 반장과 부반장이 담당하고 있었다. 반장은 오 씨 성을 가진 덕에 오양맛살이라는 창의력 없는 별명으로 불렸다. 송 씨는 송사리, 박 씨는 바가지, 김 씨는 김말이, 이런 관습의 희생양이었다.

오양맛살은 그 맛있는 별명에 어울리는 넉넉한 체구를 자랑했다. 키 순으로 매기던 번호도 62명 중에서 61번이었다. 오는 웃음이 많고 성격이 푸근해 아이들 사이에 인기가 좋았다. 똥파리들과 나란히 서면 엄마와 딸로도 보일 지경이었다.

부반장 임도 만만치 않았다. 번호 54번. 임은 덩치는 오와 비슷했지만, 성격이 드럽고 까칠해서 아이들이 별명을 붙일 엄두도 못 냈다. 임과 똥파리가 나란히 서면 유치원에서 태권도를 배운 하얀 띠 꼬마와 UFC 격투기 선수가 같은 링에 올라온 것같이 극렬한 대비를 이루었다.

찬란하게 맑던 그해 5월, 임과 오의 대격돌이 이루어졌다. 일주일 전부터 이 흥미진진한 대결에 아이들의 관심이 쏠렸다.

"누가 이길 것 같냐?"

수군거리던 아이들은 자기들끼리 내기도 걸었다. 아무래도 조금이라도 키가 더 큰 오양맛살이 유력하다는 축이 있었고,

성격의 까칠함을 신체적 단단함으로 유추하며 임의 승리를 점치는 자들이 있었다. 결전의 날이 다가올수록 아이들의 관심은 점점 커졌고, 반대로 임과 오의 표정은 어두워졌다. 모두가 기다리는 그 날은 신체검사 날이었다.

지금은 협력병원에서 전문가의 손에 진행되는 그 일이 당시에는 초시계, 줄자, 체중계 같은 기초적 측량 도구로 한 방에 해결되었다. 한 학년 800명은 반나절이면 너끈했다. 책상을 뒤로 밀고 공간을 마련하면 팀을 이룬 선생님들이 교실을 돌며, 청력, 시력, 신체 사이즈 등을 쟀다. 그날은 수업이 없어 그 사실만으로도 아이들은 일단 들뜬 상태였다.

드디어 우리 반 차례가 되고, 아이들은 복도로 나가 번호 순서대로 길게 줄을 섰다. 한 명씩 교실에 들어가 도장깨기 방식으로 돌아가며 검사를 받는 것이다. 검사가 끝난 아이들은 교실 뒤편에 앉아 다른 아이들이 검사받는 걸 구경했다. 검사가 진행될수록 자연스레 관객이 쌓여가는 구조였다. 시력이나 청력 따위는 안중에도 없었다. 모든 아이들의 관심은 검사의 대미를 장식하는 체중계에 쏠렸다.

아이들이 체중계에 올라가면 선생님은 큰 소리로 숫자를 부르며 차트를 적었다. 개인정보에 대한 조심성은 개한테나 줘버린 시절이었다. 똥파리들은 대부분 30킬로그램 초반이었다. 나머지 중간 번호들은 40킬로그램 전후. 검사가 진행됨에

아팠지만,

따라 긴장감도 높아져 구경꾼들은 슬금슬금 체중계 근처로 엉덩이를 옮겼다. 나중에는 체중계를 둘러싸고 몇 겹으로 관객이 운집했다. 선생님이 저리 가라고 호통을 쳐도 들은 척하는 사람조차 없었다. 결국에는 선생님도 포기한 듯 뒷자리까지 잘 들리게 목청을 높이는 센스를 발휘했다.

뒤로 갈수록 기록이 경신되었고, 그때마다 아이들의 환호성이 터졌다. 마침내 모두가 고대하던 그 시간이 도래했다. 출석 번호가 오보다 조금 앞섰던 임이 먼저 심판대에 섰다. 임은 발꼬락을 잔뜩 움츠린 채 조심스레 체중계에 올랐다. 아이들 사이에 흐르는 수상한 기류를 감지한 듯 선생님은 잠깐 뜸을 들이는 긴장감까지 연출하더니, 한층 볼륨을 높여 소리쳤다.

"69!"

꺅~~ 신기록이었다. 김연아의 밴쿠버 금메달 기록처럼 앞선 참가자의 점수를 훌쩍 갈아치우는 압도적 결과였다. 여기저기서 깨방정이 터졌다. 앞줄 아이들은 잽싸게 계산을 마치고는 자기보다 무려 두 배나 무겁다며 엄지를 치켜세웠다. 아이들의 환호성에 선생님도 들썩였다. 침울한 사람은 교실에 단 한 명, 임뿐이었다.

임 다음으로 몇 명의 멀대들 순서가 있었지만 아무도 관심이 없었다. 아이들은 한마음으로 오양맛살 차례만을 기다렸다. 드디어 오가 체중계 위에 올라섰다.

"64!"

꺅~~~ 다시 한번 함성이 터졌다. 임의 승리였다. (누구의 승리인지는 헷갈리지만) 여기저기서, 경주가 끝난 경마장처럼 내기의 승패를 정산하는 다툼의 소리가 들렸다. 한바탕의 소요가 가라앉자, 아이들의 시선이 오늘의 주인공들에게 집중되었다. 오는 햇살처럼 환하게 웃고 있었다.

그런데,

오의 얼굴을 바라보던 임의 표정이 서서히 일그러졌다. 숨이 가쁜 듯 어깨를 들썩이더니, 갑자기 큰 소리를 내며 울음을 터뜨리고야 말았다. 까칠하고 도도했던 임의 반응은 뜻밖이었다. 아무 생각 없이 떠들고 시시덕거리던 아이들과 덩달아 싱글거리던 선생님은 동시에 충격을 먹었다. 그제서야 우리는 여태껏 무슨 짓을 저질렀는지를 벼락처럼 깨달을 수 있었다.

일순간에 아이들의 웃음기가 걷혔고, 적막한 교실에는 임의 통곡 소리만이 점점 커져갔다.

야생의 시대였다. 학생들도 존중받아야 한다는 버르장머리 없는 가설은 들어본 적 없다는 듯, 교사의 매너와 학교의 풍토는 야비하고 난폭했다. 온화한 인격을 가진 선생들에게도 그 비열의 냄새는 조금씩 스며 있었다. 부모의 학벌과 집안 재산까지 캐묻는 가정환경조사서는 너무 고전적이라 화도 나지

아팠지만,

않았다. 적어도 그건 나 자신을 정조준하고 있지는 않았으니까. 못 배운 부모와 없는 살림이 내 잘못은 아니니까.

폭력은 저변에 산재했다. 시험지 채점이 끝나면 반장이 교무실에서 답안지를 가져와, 모두의 점수를 모두가 들을 수 있게 교탁에서 큰 소리로 불렀다. 어떤 선생님은 칠판에 문제를 적고는 마치 주번이 누구냐고 묻는 말투로 "이 반 1등 누구야?" 혹은 "이 반 60등 누구야?"라고 물었다. 어려운 문제를 거뜬히 풀어내는 1등의 모습도, 쉬운 문제에 손도 못 대는 꼴등의 모습도 다 교육적이라고 우겨댔다. 심지어 학교는 주기적으로 중앙 현관에 퇴학생 명단과 퇴학 사유마저 공개했다. 이까짓 몸무게 따위는 정말 아무것도 아니었다.

임은 우리 반의 고정 1등이었다. 1등이 찍힌 성적표에는 선생님들의 인정과 예의도 부록으로 딸려왔다. 공부를 잘하면 귀한 대접을 받는 것이 당연하다는 듯 임의 표정과 말투는 늘 도도했다. 하필이면 덩치도 만만치 않았던 터라, 아이들은 속으로야 밥맛이라고 욕할지언정 감히 임 앞에서 띠꺼운 표정을 드러내지는 못했다. 공부도 잘하는 게 잘난 척까지 하는 죄를 저질렀으나, 유죄를 집행하기에 임은 너무 '쌘캐'였다.

그랬던 그녀가 놀랍게도 반 아이들이 모두 보는 앞에서 그야말로 '엉엉' 소리를 내며 울고 만 것이다. 임의 울음소리는 저마다의 기억 속에 잠자고 있던 유사한 굴욕의 추억을 환기 시켰다. 망친 시험 점수를 반장이 큰 소리로 외쳤던 날, 뻔히 손도 못 댈 줄 알면서 심술궂은 표정의 수학 선생이 굳이 58등을 호명한 날, 백 미터 달리기 기록이 형편없다며 체육 선생에게 난생처음으로 싸대기를 맞던 날….

갑자기 한 아이가 임을 달래기 시작했다. 울고 있는 임의 등을 두드리며 미안하다고, 미안하다고 흐느꼈다. 드라마 대사처럼 '뭐가 미안한데?'라고 물을 만한 상황이었고, 이런 거로 사과를 받으면 임의 기분이 더 거지 같아질 것이 뻔했지만, 우리는 고작 중학교 1학년 코홀리개였다.

아이들은 일제히 임에게 몰려가 "미안해"를 연발했다. 그때마다 임의 울음소리는 더 커졌고, 마침내 우리는 각자의 서러움을 복기하며 무엇 때문에 우는지도 모른 채 경쟁적으로 꺼이꺼이 울기 시작했다. 순식간에 초상집으로 변한 분위기에 당황한 선생님은 시끄럽다고 소리를 한번 꽥, 지르고는 옆 반으로 사라졌다.

그날 이후, 우리는 뭔지 모르게 달라진 기분이 들었다. 조금 늦었을 뿐 몸무게도 오와 임을 따라잡으며 가파르게 상승했다. 화창하던 마음에는 간간이 비구름이 몰려들었고, 언제부터인가 교탁을 뒤집어엎는 일도 그만두었다. 변화가 본격화되려는 징조였다.

아팠지만,

중학교 1학년, 우리는 상반된 것들이 공존하는 경계선에 서 있었다.

어린이와 청년, 꼬챙이와 뚱땡이, 웃음과 슬픔. 광기와 이성.

눈부신 햇살 속에서 보슬비가 내리던, 그 찬란한 슬픔의 봄날.

니가 아무리 내 뺨을 갈겨도

초등학교 시절, 나는 온종일 선아네 집에서 뒹굴었다. 선아는 우리 앞집에 살았다. 정확히 말하자면, 앞집 천 씨 아저씨네 문간방이 선아네 네 식구가 사는 집이었다. 선아에게는 연년 생 언니와 세 살 어린 남동생이 있었다. 아빠는 없었고, 엄마 는 보험을 팔았다. 아침이면 화려한 스카프에 꽃핑크 루즈를 바른 선아네 엄마가 학교 가는 삼 남매와 함께 대문을 나섰 다. 그녀는 키가 작았지만 걸음이 빨랐고, 목소리가 컸다. 내 가 "안녕하세요?" 인사를 하면 "와하하하하~ 학교 가니?" 하 고 대답했다. 어떤 말이든 와하하하하, 하는 웃음을 앞세우고 나서야 본론이 등장했다. 왜 웃는지 이유를 묻고 싶어도, 이미 그녀는 발에 모터가 달린 양 저 멀리 사라진 뒤였다.

아팠지만,

우리집 대문에서 다섯 발자국만 걸으면 선아네 방 앞에 도착할 수 있었다. 삼 남매가 세입자로 있는 탓에 앞집 대문은 노상 열려 있었다. 나는 안방에서 건넌방으로 건너가듯 아무 때나 선아네 방문을 쓱 열고 들어갔다. 선아도 나의 드나듦을 크게 신경 쓰지 않았다. 엎드려 만화를 보고 있다가 내가 오면 몸을 조금 옆으로 움직여 내가 앉을 자리를 마련해주었다.

남동생은 강아지마냥 종일 밖에서 뒹굴었기에 낮 동안 그 방은 선아와 언니와 나, 셋의 차지였다. 현아 언니는 만화를 아주 잘 그렸다. 언니가 엎드려 그림을 그리면 선아와 나는 양쪽에 바짝 붙어 구경을 했다. 가끔은 서로 머리통을 야금야금 들이밀다가, 형광등을 가린다고 언니가 갑자기 신경질을 부려서 깜짝 놀라기도 했다. 언니는 드레스 입은 소녀를 스케치북에 그려 화첩으로 묶었고, 노트에는 스토리가 있는 순정만화를 책처럼 엮어냈다. 작은 책꽂이에는 언니가 직접 그린 만화책이 몇 권 꽂혀 있어서 나는 심심할 때마다 그걸 꺼내어 읽곤 했다.

언니의 만화는 일관된 세계관을 고수했다. 여주인공은 대체로 가난한 고아다. 성격은 씩씩하고, 자기가 예쁘다는 사실은 꿈에도 모른다. 무엇이든 매사 열심히 하지만, 동시에 못 말리게 덜렁거려서 중요한 순간마다 위기에 봉착한다. 그럴 때마다 다리가 겨드랑이에서부터 시작하는 롱다리의 남자 주인공이 나타나 '훗~ 귀여운데?' 한 마디 던지고는 그녀를 난관에서 사뿐히 건져 올린다. 여주는 '고맙지만 남의 도움은 정중히 사양한다'며, 방귀 뀐 놈이 오히려 성내는 표정으로 토라지는데, 어이없는 것은 남자들이 그 배은망덕한 모습에 매번 반해 버린다는 사실이다. 그러면 입 옆에 왕 점을 찍어 누가 보아도 적대적 조연임을 짐작게 하는 또 다른 여자가 나타나 나만큼이나 어이없다는 표정으로 주인공의 뺨을 갈긴다. 뺨을 맞은 주인공은 거기서 한마디를 더하여 두 번째 매를 벌곤 했다.

"니가 아무리 내 뺨을 갈겨도 나는 반드시 OO을 이루고야 말 거야!"

주인공들에게는 늘 간절한 소원이 있었는데, 뺨따귀를 맞으면 자동으로 그 내밀한 바람이 폭로되는 시스템이었다.

얼굴을 맞으면 얼마나 아플까. 종아리나 등짝만 맞아봤지 뺨을 맞아본 적은 없어서 나는 늘 궁금했다. 호기심에 내 뺨을 한 번 쫙! 소리 나게 때렸다가 너무 아파 기절할 뻔했다. 뺨을 맞는 것은 영혼을 담고 있는 머리통에 대한 직접적 가격이어서, 모종의 굴욕감마저 솟구쳤다. 과연 아무한테라도 '두고 보라'며 으르렁거리고 싶어졌다.

악녀는 보통 정략 관계로 맺어진 남주의 피앙세인데, 별안간 가문이 몰락하면서 깔끔하게 무대 밖으로 사라진다. 언니의 피로도가 쌓이는 바람에 모든 사건이 급속도로 정리된 것

아팠지만,

이다. 빌런이 없는 세상에는 다시 행복이 찾아오고, 마침내 주인공은 사랑과 야망을 두 손에 움켜쥔 채 작품은 대단원의 막을 내린다.

선아와 나는 언니가 그린 그림을 보면서 드레스에 프릴을 좀 더 넣어 달라거나, 남자의 바지를 무릎 위쪽이 봉긋한 승마 바지로 그려 달라거나, 여주의 웨이브를 이라이자 머리로 바꿔 달라거나 하는 요구를 댓글 대신 구두로 전달했다. 그러면 언니는 폭신폭신한 점보지우개로 쓱싹쓱싹 그림을 지우고는, 빗발치는 독자의 니즈를 실시간으로 반영해주었다. 인물들이 우여곡절을 겪다가 마침내 행복에 도달하는 것을 보면 뻔히 결말을 알고 있는데도 번번이 기분이 좋아졌다.

한 인생의 간난신고를 통해 권선징악이라는 고매한 교훈까지 달걀처럼 쏙 낳아주면서, 작품이 해피한 앤드에 도달하는 데 소요되는 지면은 고작 10페이지. 여기에는 언니만의 노하우가 있었다. 우선 노트를 4등분 해 박스를 세팅하고, 박스 한가운데 인물을 배치한다. 그다음은 인물의 양 측면에 광활한 말풍선을 달아놓고, 그 안에 깨알 같은 글씨를 채워 넣는다. 그것만 꼼꼼히 읽어도 웬만한 스토리 파악은 가능했다. 간혹 인물의 대사로 처리하기에는 정보의 접근성 차원에서 개연성이 떨어지는 내용이 있는데, 그럴 때는 종이 상하 여백에 전지적 작가 시점의 내레이션을 덧붙였다. 이 효율적인 화면 배치

덕분에 이야기는 종이를 크게 잡아먹지 않고도 독자를 충분히 납득시키면서 빛의 속도로 전개되었다.

언니의 오동통한 손이 종이 위를 넘나들면 언니와 생김새가 정반대인 미녀가 뚝딱하고 탄생했다. 그 신묘한 솜씨가 부러워 언니의 그림을 따라 그린 적도 있었다. 역삼각형으로 얼굴 윤곽을 그리고, 얼굴의 반절을 눈으로 채우면 절반은 성공이었다. 커다란 눈 속에 크기가 다른 동그라미 서너 개를 그려 넣고, 나머지 뒷배경을 까맣게 칠하면, 물기 어린 초롱초롱한 눈동자가 완성되었다. 속눈썹은 겉눈썹을 치고 올라갈 정도로 길게 그리되 활처럼 유려한 곡선을 만드는 것이 포인트다. 눈을 그리는 데 투자한 시간과 정성에 비하면 코나 입은 어이없을 정도로 무성의하게 처리되었다. 코는 〈 모양의 꺾은선 하나면 충분했고, 입도 B를 눕혀놓고 그 아래 C를 붙이면 간단하게 끝났다. 문제는 그다음. 장신구와 웨이브와 빛 반사가 미궁처럼 얽혀있는 헤어스타일에 이르면, 연필은 어디서부터 출발해야 할지 시작점을 찾지 못해 방황하다가 결국 종이 위에 픽 쓰러지고 말았다. 그럴 때면 언니는 내가 그려놓은 허접한 얼굴에 리본이 달린 공주 머리와 목둘레에 레이스가 감긴 블라우스를 그려서 돌려주었다. 언니의 손끝에서는 뭐든 척척 생겨나는 것이 신기했다.

아팠지만,

선아네 방에서 가장 희한했던 것은 상장으로 뒤덮인 벽이었다. 현아 언니는 학교에서 주는 상장이란 상장은 죄다 쓸어왔는데, 선아 엄마는 그것을 차례대로 벽에 붙였다. 그 방에서는 시선의 끄트머리 어디에나 언니의 상장이 있었다. 나는 벽에 다리를 올리고 누워 언니가 받아온 상장의 문구를 읽곤 했다. 글짓기, 독후감, 미술대회, 사생대회, 과학경시대회, 수학경시대회, 방학과제물상, 줄넘기대회⋯. 어? 언니가 줄넘기로도 상을 받았어? 놀라 자세히 살펴보면 그것만 유일하게 주인이 달랐다. 그건 선아 거였다.

선아는 이런 언니를 '돼지야' 또는 돼지를 빼고 그냥 '야'라고 불렀다. 언니는 이 두 가지 호칭을 모두 싫어해서 선아가 언니를 부를 때마다 눈을 하얗게 흘겼다. 언니가 화를 낼수록 선아는 더 신이 나 놀려댔기에, 결국 언니는 선아가 뭐라고 지껄이든 반응하지 않았다.

우리가 공기알이나 트럼프 카드를 늘어놓고 낄낄거리는 동안에도 언니는 앉은뱅이책상에 앉아 공부를 하거나 만화를 그렸다. 그러다가 끼니때가 되면 부엌에 내려가 라면을 끓였다. 언니가 냄비에 물을 올리고, 선아가 골목으로 나가 "영훈아~ 밥 먹어~"라고 인근 1킬로미터 반경, 영훈이라는 이름을 가진 사람은 누구나 뒤돌아볼 정도로 크게 외치면, 나는 슬며시 집으로 돌아갔다가, 밥 다 먹고 설거지까지 끝냈겠다 싶을 때쯤 용수철처럼 다시 그 방으로 튀어갔다.

가끔 언니는 라면 대신 식빵과 설탕과 마가린을 꺼내오기도 했다. 빨간 꽃이 그려진 양은 밥상에 오뚜기 마가린이 놓이면, 집에 가려고 일어섰던 두 다리에 힘이 풀렸다. 평소 같으면 잽싸게 빠져줄 타이밍인데, 고소한 밀가루 냄새와 뇌쇄적인 마가린 향기에 체면 세포가 마비되는 것이다. 그럴 때면 언니가 "야, 어디 가. 빵 먹어야지" 하면서 영훈이를 부르는 말투로 나를 주저앉혔다. 식빵에 딱딱한 마가린을 밥숟가락으로 펴 바르고, 접시에 덜어놓은 백설탕을 그 위에 뿌리고, 탁! 빵을 반으로 접어 한 입 베어 물면, 빵이 목구멍을 통과하기 전부터 황홀경이 밀려왔다.

배가 부르면 집 앞에 나와 고무줄놀이를 했다. 선아와 나 둘뿐이라 고무줄 한쪽은 전봇대에 묶었다. '월남마차타고가는 캔디아가씨' 혹은 '월계화계수수목단금단토단일' 같은 요일송에 맞추어 둘이 번갈아 고무줄을 뛰다 보면 금세 또 배가 고팠다. 언니도 같이 놀면 공공노역에 바쁜 전봇대까지 굳이 동원하지 않아도 됐겠지만, 언니는 몸을 쓰며 노는 것을 질색했다. 오히려 엄숙한 어른 목소리를 흉내 내며 우리를 타이르기까지 했다.

"뛰지 마라. 배 꺼진다."

선아는 잘 놀다가도 수가 틀리면 마구 소리를 지르며 언니

아팠지만,

한테 대들었다. 선아가 그럴 때마다 언니는 "미친년 지랄하네" 욕 한번 쏘아주고는 더는 상대하지 않았다. 선아는 지랄도 잘하고, 고무줄도 잘하고, 싸움도 잘했다. 쌈닭 같았던 선아가 아예 닭을 넘어 육식 익룡 프테라노돈처럼 변신할 때가 있는데, 그날은 영훈이 어디서 쥐어터지고 들어오는 날이다. 선아는 언니한텐 그렇게 바락바락 대들면서도 남동생만큼은 끔찍이 아꼈다. 영훈이 누런 코를 훌쩍이며 "누나~" 하고 나타나면, 선아는 고전적인 대사 "누가 내 동생 건드렸어"를 던지며 출격했다. 자기보다 힘이 세거나, 덩치가 크거나, 나이가 많거나, 아랑곳하지 않았다. 일단 "개새끼야!" 고함부터 지르고는 머리로 들이받고, 발로 차고, 주먹을 휘둘렀다. 수의적 관절을 지닌 모든 신체 기관이 일제히 공격 무기로 돌변하는 순간이다.

한 번은 선아의 복수혈전이 도미노 폭탄처럼 번진 적도 있었다. 시작은 역시 사소했다. 동네 꼬마가 더 꼬꼬마인 영훈이를 때렸고, 맞은 영훈이 선아에게 일러바쳤고, 평소처럼 공격력 만렙의 선아가 나타나 동생을 때린 꼬마를 두들겨주었다. 대개는 거기에서 복수가 마무리되지만, 그때는 달랐다. 하필이면 그 꼬맹이 역시 일러바칠 형이 있었던 것이다. 결국 선아처럼 달려온 꼬맹이의 형이 선아와 맞붙었는데, 선아보다 한 뼘이나 더 컸던 그 애는 상승하는 선아의 정수리에 코가 받혀

쌍코피를 뿜고 나가떨어지기에 이른다. 둘은 듀엣으로 징징거리며 끝판왕을 호출했다. 제 엄마를 끌고 나타난 것이다.

제아무리 천하의 선아라도 어른한테까지 박치기를 날리지는 못했다. 아들 둘을 피떡으로 만든 사람이 고작해야 비쩍 마른 여자애라는 것에 화딱지가 난 엄마는 선아를 앞에 두고 자기 아들을 야단치기 시작했다. 두 아들의 잘못은 꼬맹이한테 먼저 주먹을 날린 것도, 덩치 큰 놈이 작은 여자애한테 덤빈 것도, 덤볐다가 되려 맞은 것도 아니었다. 손은 아들의 머리를 쥐어박으면서도 눈은 선아를 노려보던 그 애들의 엄마는 송곳 같은 목소리로 소리 질렀다.

"저런 애랑 놀지 말라고 했잖아."

싸움 구경에 신이 났던 동네 아이들은 이 장렬했던 전투의 결말이 다시는 저것들과 놀지 않겠다는 형제의 다짐으로 마무리되자 실망한 듯 곧 흩어졌다. 그제서야 선아는 훌쩍거렸다. 구석에 숨어 있던 나는 선아에게 다가가 팔짱을 꼈다. "울지 마, 울지 마." 내가 손바닥으로 눈물을 닦아주자 선아는 고분고분 얼굴을 내밀었다.

어느 일요일 아침, 막다른 골목에 천둥 치는 듯한 소리가 들렸다. 일요일은 선아 엄마가 일을 나가지 않아 나도 선아네 집에 가지 않았다. 나른한 늦잠에 취해 이불속에서 뒹굴거리던

아팠지만,

나는 갑자기 떠들썩한 소리가 들려와 밖으로 튀어 나갔다. 동네 사람들이 죄다 골목에 모여 있었다.

덩치 큰 여자들이 선아네 살림살이를 골목으로 내던지는 중이었다. 한 명은 욕 담당, 둘은 물건 담당. 옥색 투피스를 입은 중년의 여인이 뭐라고 뭐라고 계속 소리를 질렀다. 감정은 격앙되고, 말은 빠르고, 어휘의 절반은 욕이 차지하고, 문장은 사투리 종결어미로 마무리되어 이해하기가 쉽지는 않았지만, 눈치로 겨우 조합한 바에 따르면 선아 엄마의 죄는 '한 번만 더 알짱대면 낯짝 들고 살지 못하게 해주겠다'는 그녀의 경고를 무시한 것이었다. 목소리 크기로는 누구한테도 뒤질 것 같지 않았던 선아 엄마는 어쩐 일인지 집 안에 박혀 코빼기도 보이지 않았다.

옥색 투피스가 욕을 하는 동안 나머지 둘은 행동대장처럼 부지런히 집 안에서 살림살이를 들어냈다. 파괴의 굉음과 파괴의 언어가 산화 반응을 일으키며 분노의 폭발이 골목을 집어삼켰다. 만화를 그리던 앉은뱅이책상, 책상 위의 책꽂이, 그 옆의 비키니 옷장, 옷장 속의 이불, 이불을 발로 밀며 다리를 펼치던 동그란 양은 밥상, 라면을 끓여 먹던 곤로, 곤로 옆에 포개놓았던 그릇, 접시, 냄비…. 커다란 주걱으로 선아네 방을 안쪽에서부터 알뜰하게 긁어낸 것처럼 살림들이 차례로 골목에 쌓여갔다. 이 모든 소요가 일어나는 동안에도 선아네 방에서는 아무런 기척이 없었다.

마침내 한 여자가 열 손가락 가득 종이 다발을 움켜쥐고 골목으로 나왔다. 그건 벽에 붙여놓은 언니의 상장들이었다. 선아 엄마가 등장한 것은 바로 그때였다. 암팡지게 상장을 찢어발기고 있던 여자는 신발도 없이 뒤쫓아온 선아 엄마에게 불시에 뒷머리를 잡혔다. 선아 엄마의 선공을 신호로 본격적인 육탄전이 시작되었다. 소매를 걷어붙이고 삿대질만 하던 옥색 원피스가 대번에 선아 엄마의 머리끄덩이를 낚아챘고, 나머지도 정신을 수습하고 협공에 돌입했다. 뺨을 때리고 발길질을 하면서 그들의 목소리는 점점 더 커졌다.

"하이고야. 첩년의 새끼가 공부 잘하면 무슨 소용이라고, 주제를 알아야지."

기물파손 현장에는 차마 끼어들지 못하던 이웃들은 사태가 폭력 상황으로 치닫자 비로소 싸움을 뜯어말렸다. 선아 엄마는 골목에 주저앉아 큰 소리로 울부짖었다. 한 번만 더 알짱대면 낯짝 들고 살지 못하게 해주겠다면서, 세 여인은 똑같은 경고를 날리고는 침까지 퉤! 뱉고서야 사라졌다.

주인아줌마가 널브러진 선아 엄마를 부축해 집으로 들어가자, 다른 이웃들은 깨지지 않은 세간살이를 골라 대문 안쪽으로 들여놓았다. 태어나 처음으로 목격한 원색적 폭력에 나는 한동안 움직이지 못했다. 구경꾼도 흩어지고, 선아네 방에서 새어 나오던 흐느낌도 서서히 잦아들자, 마침내 골목에는 처음보다 더한 정적만이 가라앉았다.

나는 혼자 골목에 남아 깨진 접시 사이에서 그것들을 그러모았다. 언니의 상장, 스케치북, 만화책… 모두 내가 좋아하던 것들이었다.

바람이 불어 골목 가장자리로 종이가 흩날렸다. 나는 한참을 뛰어다니며 그것들을 한데 모았다. 찢어진 조각을 퍼즐처럼 맞추고, 집에서 투명테이프를 가지고 와 그 위에 붙였다. 누더기 노트 안에서 여주인공이 두 주먹을 쥐고 포효했다.

"니가 아무리 내 뺨을 갈겨도 난 반드시 왕립 발레단의 발레리나가 될 테야. 니가 아무리 내 뺨을 갈겨도."

다음 장으로 넘기니 주인공 아멜리아는 마침내 왕립 발레단 무용수가 되어 찬란한 무대에 우뚝 섰다. 언니의 작품에 새드엔딩이란 없다.

나른한 주말. 늦잠을 설친 탓에 갑자기 졸음이 밀려왔다.

운동화 삼국지 1
- 운동화 유감

소심한 나는 땅을 보고 걷는 버릇이 있었다. 길을 걷다 보면 어느새 앞사람의 뒤꿈치에 시선이 고정됐다. 체육 시간에 피구 하는 아이들을 보고 있자면 100개도 넘는 신발짝들이 대륙을 누비며 전쟁을 하는 것 같았다. 노력하지 않아도 어느새 나는 우리 반 아이들의 신발을 대부분 외울 수 있었다.

신발은 내게 많은 것을 일러주었다. 민옥은 일 년 내내 신발을 빼는 법이 없어서 민옥의 운동화는 언제나 학대당한 노예의 표정을 짓고 있었다. 육중했던 정순의 월드컵 운동화는 위에서 찍어누른 jpg 파일처럼 처음보다 1.5배 정도 가로로 퍼져 신발 옆면의 W 로고도 덩달아 넓적해졌다. 스노우진을 입고 다니던 뒷자리 애들은 언제부턴가 발목까지 올라오는 비

아팠지만,

비화로 갈아탔다. 비비화 정도는 신어주셔야 패션에 대해서 좀 아는 척 할 수 있었다. 신발은 자신이 발 딛고 선 국토를 표시하는 패스포트였다. 그리고 그곳의 최강 귀족 국가는 프로스펙스, 아디다스, 나이키 삼국이었다.

엄마는 내게 중학교 입학 기념으로 스펙스 운동화를 사줬다. 까발로와 타이거의 시대가 가고 스펙스의 시대가 열렸을 때였다. 프로스펙스가 아닌 스펙스.

F를 눕혀놓은 프로스펙스 마크에서 가운데 선 하나를 지우면 스펙스가 된다. 프로스펙스 한 켤레 값이면 스펙스 세 켤레를 살 수 있다. 선 하나가 스펙스 두 켤레 값인 셈이다. 엄마는 그 이상한 셈법을 이해하지 못할 것이다. 설령 이해한다 해도, 엄마의 지갑은 그것을 용납할 수 없을 것이기에, 내 신발은 스펙스였다.

사치품이 흔치 않던 그때, 아이들의 욕망은 운동화로 쏠렸다.

엄마를 들들 볶아 마침내 프, 아, 나 세 브랜드 중 하나를 쟁취한 아이들은 이제 남은 인생에 더 바랄 게 뭐 있겠냐는 표정으로 교실 문을 열었다. 평소에 친하지 않던 아이들도 같은 브랜드를 선택한 제 안목을 공유하기 위해 아이돌 팬클럽처럼 끼리끼리 뭉쳤다. 할리데이비슨 동호회나 벤틀리 클럽의 프라이드도 그보다 더하기는 쉽지 않을 것이다.

프로스펙스 왕국의 맹주는 연희였다. 연희와 친했던 탓에 나는 그 나라의 백성도 아닌데 덩달아 그 무리에 섞여, 그녀의 핑크색 신상 운동화가 얼마나 새끈한지 귀에 못이 박이도록 들어야 했다. 공부를 잘해서 받은 전리품이라 연희의 운동화는 더 각별했다. 매일 공부하라고 호랑이처럼 딸을 다그치던 연희 엄마는 연희가 이번 달 월정고사에서 약속한 점수를 받자, 그 즉시 계약을 이행했다.

기분이 좋으면 연희는 손가락을 쫙 펴고 제 손을 요리조리 뜯어보며 얘기하는 버릇이 있었다. 연희는 자기 손을 사랑했다.

"내 손 정말 예쁜 것 같지 않냐?"

연희는 운동화 자랑을 하다 말고 불쑥 이렇게 묻곤 했는데, 그때마다 나는 대화를 멈추고 연희와 함께 그 손을 감상했다. 과연 연희의 손은 남달랐다. 하얗고 가늘고 길었다. 말랑말랑하고 보들보들했다.

같이 시험공부 한다는 핑계로 그 애 집에 놀러 갔던 날, 연희 엄마는 무서운 표정을 지으며 놀지 말고, 졸지 말라고 으름장을 놓았다. 우리는 방 밖으로 수다 떠는 소리가 새나갈까 봐 연습장을 펴고 필담을 나누며 키득거렸다. 연필을 잡은 연희의 손이 유난히 예뻐 나는 글자보다 연희의 손에 더 눈길이 갔다.

우리 엄마는 연희 엄마처럼 내게 공부하라고 말한 적이 한 번도 없었다. 엄마가 나를 부를 때는 주로 뭔가를 부탁할 때였다. 늦은 밤이면 엄마는 밀린 빨래를 한가득 들고 나를 불렀다. 우리집에는 세탁기도 없었고, 온수도 나오지 않았다. 밖에서 녹초가 되도록 일하고 돌아와도 누구 하나 엄마 일을 대신 해주는 사람이 없었기에 고단한 엄마는 늘 나를 찾았다.

마당 수돗가에서 큰 고무 다라이에 물을 틀어놓고, 우리는 대야를 하나씩 끼고 깔판에 앉았다. 엄마가 비누칠해서 빨래를 비비면, 내가 그것을 받아 헹구는 시스템.

엄마와 나 사이에는 따뜻한 물이 담긴 바가지가 놓였다. 살얼음이 낀 찬물에 손을 넣으면 곧이어 손가락이 마비될 정도의 고통이 밀려왔다. 참을 만큼 참다가 더 이상 안 되겠다 싶을 때마다 우리는 그 물에 손을 담갔다. 그러면 손가락에 간질간질한 감각이 살아나며 묘한 안도감이 스며들었다.

제 앞에 놓인 물은 각자의 하루처럼 차가웠지만, 우리 사이에 놓인 따뜻한 물이 있어 그래도 견딜 만했다.

그 추운 밤의 빨래는 초등학교 3학년 때부터 시작되었다. 텔레비전에서는 9시만 되면 이제 어린이들은 잠자리에 들 시간이라고, 내일을 위해 일찍 자고 일찍 일어나는 건강한 어린이가 되라며 아동의 수면을 국가적 차원에서 관리했다. 그 시간 나는 상하로 엉덩이를 들썩이며 어린이는 물론 웬만한 어른들도 잠들 시간까지 빨래를 했다.

엄마는 미안한 마음이 들 때마다 내가 딸이라서 너무 좋다며 나를 치켜세웠다. 내가 좋다는 엄마의 목소리는 다정하고 달콤했지만, 그 이유가 고작 내가 딸이기 때문이라는 점은 조금 슬펐다. 고무장갑도 없이 수시로 설거지를 시키는 할머니도 비슷한 말을 했다. "계집애라 그나마 쓸데가 있구나." 따뜻한 바가지 속의 내 손은 고사리가 아니라 고사리나물처럼 빨갛고 이물스러웠다.

연희가 운동화 자랑을 하다 말고 뜬금없이 손 얘기를 꺼낸 것은 아마 거칠고 험악한 내 손에 시선이 멈췄기 때문일 것이다.

스포츠 브랜드를 대표하는 아디다스를 나는 어이없게도 드레스 슈즈로 착각했었다. 수미 때문이었다. 한동안 그 클래식한 삼선을 볼 때마다 청순한 소녀의 실루엣이 연상되었다.

낯선 얼굴로 가득한 새 학년 교실에서 수미의 외모는 단연 눈에 띄었다. 순정만화에서 툭 튀어나온 모습. 만찢녀의 원조격이었다. 한국인에게 흔치 않은 연갈색 곱슬머리는 허리까지 늘어져 찰랑거렸고, 쌍꺼풀 짙은 큰 눈은 긴 속눈썹 때문에 늘 서늘한 우수가 드리워져 있었다. 그녀는 레이스나 프릴이 달린 정장풍의 옷을 즐겨 입었는데, 그런 옷은 대체 어디서 파는지 짐작조차 할 수 없었다. 수미를 보고 있자면 신일숙이나 황미나의 만화 속 주인공이 같은 교실에 앉아 있는 것 같은 신기한 기분이 들었다. 수채화를 잘 그렸던 예고 지망생 수미의 선택은 아디다스였다.

수미는 명랑하고, 잘 웃었으며, 제 고급진 물건도 친구들에게 선뜻 빌려주었다. 수미 곁에는 늘 아이들이 북적였다. 그들은 수미와 팔짱을 끼고 화장실이나 음악실에 가고 싶어 했다. 이상했던 것은 아이들의 그 갈망이 오래가지는 않았다는 점이다. 아이들은 비슷한 이유로 그 소망을 접었다.

평생을 인기쟁이로 살아온 수미가 굳이 단련할 필요가 없었던 신체 기관이 있었는데, (그런 게 실재할지는 모르지만) 그것이 원인이었다. 사람들이 머릿속 생각을 말로 만들어 입에서 내보내기 전 마지막으로 거치는 검열기관, 수미는 그 기관이 망가져 있었다.

누가 나를 싫어하면 어쩌지? 이 비굴한 존재론적 질문은 타인에 대한 자신의 말과 행동을 연하고 선하게 다듬는다. 그 질문이 필요 없던 수미의 말끝은 둔탁하고 거칠었다.

한참 잘 놀다가도 문득 그녀는 천진한 표정으로 얘기했다.

"너 이빨에 고춧가루 꼈어."

"왜 그렇게 걸레 같은 옷을 입고 왔어?"

"어우 야, 너 몸에서 곰팡이 냄새 나."

수미의 그런 말들은 솜씨 좋은 살수의 습격처럼 타겟을 빠르게 가격하고 사라졌기에, 주변인들은 방금 무슨 일이 벌어졌는지 알아채지 못할 때도 많았다. 오직 독침에 찔린 당사자만이 무안함에 얼굴이 빨개져서 허둥지둥 그 자리를 피했다.

매일 도시락 반찬으로 김치만 싸 오던 진혜도, 위로 두 명의 언니를 거치고 나서야 제 옷으로 물려받을 수 있던 희경이도, 빛이 들어오지 않는 반지하 방에 살던 인숙이도 수미의 말에 한동안 침울해했다. 누구는 자신의 예민함을 자책하며 여전히 수미의 친구로 남았고, 누군가는 고요히 물러나 홀로 절교를 결심했다.

수미는 수시로 제 물건이 없어졌다고 법석을 떨었다. 그 당시 우리 학교에는 야간반이 있었다. 산업체 특별학급이라는 정식명칭은 어려워 아이들은 모두 '야간반'이라는 교대조 느낌의 이름으로 불렀다. 주간반이 열세 반, 야간반이 세 반. 뒤쪽 세 반은 야간반과 교실을 함께 썼다. 주간반 아이들이 집에 돌아가고 나면 야간반 학생들이 등교하는 것이다. 야간반 학생들은 낮에는 인근 구로공단이나 가리봉공단에서 일하고 저녁에 학교에 왔다. 시간대가 달라 그녀들과 마주칠 일은 없지만, 청소 당번이라도 걸려 늦게 귀가하는 날에는 교실 문을 열고 들어오는 낯선 얼굴과 맞닥뜨려 서로 당황하는 일도 벌어졌다.

수미는 그녀들과 교실을 공유하는 것에 불만이 많았다. 왜 하필 우리반이 걸린 거냐며, 서랍에 두고 간 물건이 없어졌다고 주기적으로 법석을 떨었다. 수미의 막말은 대상을 가리지 않았다.

"걔들이 가져간 거 아냐?"

대부분 우리보다 한두 살 많은 언니였지만, 수미는 늘 '걔들'이었다. 웬만하면 수미의 편을 들어주던 아이들도 이때만은 뭔가 불편해서 입을 다물었다. 결국 '손버릇 나쁜 걔들'에 대한 절도 의혹은 수미에게서 그 물건을 빌려 갔던 친구가 나타나면서 대부분 해소되었다.

나에게도 수미가 할퀴고 간 생채기가 남아있다. 〈응답하라 1988〉에 영혼을 뺏긴 채 울고 웃던 어느 날, 드라마를 보다가 불현듯 수미가 떠올랐다. 덕선이가 부잣집 미옥이의 반찬을 집어 먹으며 수다를 떠는 그 평범한 장면.

수미와 친해지고 싶어 주변을 서성거리던 때였다. 운 좋게도 수미의 앞자리를 뽑았던 그 주간 동안 나는 자연스럽게 수미와 도시락을 같이 먹는 영광을 얻었다. 직사각형의 양은 도시락통에 계란프라이를 얹은 밥과 고구마 줄기, 시금치, 콩나물 같은 나물류 한두 개를 추가한 것이 내 도시락의 고정 포맷이었다.

수미는 나와 달리 밥그릇보다 더 큰 반찬통을 따로 들고 다

넜다. 뚜껑을 열면 조리법과 원재료는 겹치지 않지만, 모두 단백질을 주성분으로 하는 5종 이상의 반찬이 짜잔~ 하고 나타났다.

내가 수미의 반찬을 먹는다고 수미가 내 반찬을 먹을 리 없으니, 내가 수미의 반찬에 손을 대면 결국 수미는 밥이 남을 것이다. 이런 계산을 하며 나는 오로지 내 것만 먹었다. 나는 담대한 덕선이와 달랐다.

하지만 그날은 눈앞의 유혹이 너무 강렬해서 하나 맛보고 싶은 마음을 억제하기 어려웠다. 한 개 집어먹는다고 크게 티가 날 것 같지도 않아 갈등하고 있던 차에 뒷자리의 누군가가 수미를 불렀다. 수미가 뒤돌아 다른 애와 얘기하는 그 틈을 타 나는 동그랑땡 하나를 냉큼 집어삼켰다. 곧이어 수미가 상냥한 목소리로 외쳤다.

"야! 그냥 눈치 보지 말고 내 반찬 먹어도 돼. 뭘 안 볼 때 훔쳐 먹냐!"

수치심에 목구멍이 막혀 말이 안 나왔다. 다음날부터 나는 밥솥이 고장 났다든가 하는 말도 안 되는 핑계를 대며 한동안 매점에서 사발면으로 점심을 때웠다. 더 이상 수미를 똑바로 바라볼 수 없어, 그 애와 마주치면 자동으로 시선을 떨궜다.

체크스커트를 입은 날씬한 다리가 아디다스의 삼선과 너무 잘 어울렸다.

운동화 삼국지 2
- 나이키와 닮아서

뭐니 뭐니 해도 나이키가 최고라는 고정관념은 시현 때문에
생겨났다. 시현은 내 옆자리였다. 난생처음 체육 선생에게 따
귀를 맞은 날이었다. 태어나서 한 번도 누군가에게 그렇게 원
색적인 폭력을 당해본 경험이 없던 터라 나는 거의 멘붕 상태
였다. 교실에 돌아와서도 책상에 엎어져 훌쩍이고 있는 나를
시현은 한참이나 꼬나보았다. 도저히 꼴사나워 못 봐주겠다는
듯 한숨을 푹 쉬고는 마침내 시현이 내게 말했다.

"야, 오늘 우리집에 가서 놀래? 우리집에 가서 피자 먹으면
서 비디오 보자. 어른은 없어."

시현은 이어폰을 귀에 꽂고 실내화를 까딱거리며 임병수
노래를 흥얼거리던 중이었다.

시현의 모든 말이 놀라워서 찔끔거리던 눈물이 쏙 들어갔다.

피자를 먹다니! 비디오를 보다니! 어른이 없다니!

피자도, 비디오도, 빈집의 자유도 다 내게는 없는 것들뿐이었다.

"개놈. 지가 뭔데 패고 지랄이야. 달리기 좀 못할 수도 있지."

시현은 창밖에 대고 욕을 했다. 다음 반 수업을 기다리며 체육 선생은 등나무 그늘에서 담배를 피우는 중이었다. 조금 전 내 싸대기를 갈긴 자였다. 내가 맞은 이유는 정확하지는 않지만 추정컨데, 태도의 문제였다. 최선을 다하지 않았다는 것이 나의 공식적인 죄목이었다.

체육 선생은 틈만 나면 인간성을 들먹이며 먼저 사람이 되어야 한다고 설교했다.

"니들은 그래서 문제야. 니들 그렇게 살지 마. 그래도 인간이 먼저 돼야지. 안 그러냐?"

쉬는 시간마다 날뛰는 모습이 스스로 생각해도 사람보다는 짐승에 가까웠기에, 우리는 먼저 인간이 되라는 그의 말에 별 수 없이 고개를 주억거렸다. 하지만 나머지는 헷갈렸다. '그래서 문제'라는 '그래서'는 구체적으로 무엇일까?

오늘 체육 선생은 시작부터 똥 씹은 표정을 하고 있었다. 누

아팠지만,

구 하나 걸리기만 하면 사달이 날 것 같은 음산한 날이었다. 다른 날보다 훨씬 빡세게 이리저리 굴렀지만 아이들은 모두 웬일인가 싶을 정도로 고분고분했다. 자기의 사나운 표정이 아이들의 공손함과 정비례 관계라는 것을 눈치챈 체육 선생은 종종 이런 식으로 연막을 피웠다.

마지막 관문은 100미터 달리기. 아이들이 준비 선에 8열 횡대로 섰다. 이미 에너지가 고갈된 내 저질 몸뚱아리는 생리통까지 겹쳐 딱 죽고 싶은 심정이었다. 마라톤 평원에서 달려온 아테네의 전령처럼 숨이 턱 끝에 매달렸다. 저 고지만 지나면 모든 게 끝난다. 나는 송곳이 훅 찌르고 지나가는 아랫배를 움켜쥐고 마른오징어 비틀어 짜듯 기운을 끌어모았다. 칼 루이스는 열 걸음에 주파하는 100미터가 내게는 경부선처럼 느껴졌다.

그러나 결승선에서는, 어디 한 놈만 걸려보라며 벼르던 체육 선생의 그 한 놈이 바로 나였다는 경악스러운 소식이 기다리고 있었다.

"안경 벗어." (다짜고짜 안경은 왜?)

이유를 일러주지도 않고 솥뚜껑 같은 그의 손이 내 뺨을 내리쳤다. 불이 번쩍 났다. (다짜고짜 왜??) 온몸의 피가 쏠린 듯 새빨개진 얼굴에서 활활 열이 났다. 선생은 나를 앞에 세워놓고, 선고를 내리는 포청천처럼 모두에게 외쳤다.

"먼저 인간이 돼야지. 니들 그렇게 살지 마. 니들은 그래서 문제야. 누가 100미터를 배를 잡고 그렇게 어슬렁어슬렁 뛰나? 엉? 최선을 다하지 않는 쓰레기는 용서 못 한다."

내 속에서는 말이 되지 못한 생각들이, 실성한 정치가의 난상토론처럼 날뛰기 시작했다.

'생리통 때문이라고 말했어야지. 하지만 누구도 그런 말을 입 밖에 꺼내지 않는데? 그래도 이건 너무 억울하잖아. 남자 선생님한테 그런 말을 어떻게 해! 그럼 앞으로는 어쩔 건데? 그냥 또 맞고 말지 뭐. 근데 이렇게 계속 억울하면 죽을 수도 있는데… 억울해 죽겠다는 말도 있잖아.'

결국 나는 아직 인간이 덜 된 탓에 최선보다 요령을 선택한 쓰레기가 되었다.

그. 런. 데.

내가 쓰레기라면, 그는 시현의 말에 따르면 '개놈'이었다.

"개놈!"

그 과감한 사운드에 모골이 송연해지며 모든 분비샘에서 아드레날린이 분출했다. 내 발음기관으로는 아직 소리 내본 적 없는 말이었다. 보케뷸러리 서브 폴더에 차곡차곡 수집만 해놓고, 생활회화에서는 감히 사용할 것이라 상상해본 적 없는 꿈의 언어. 보급형으로 통용되는 '개새끼'보다 훨씬 강렬

아팠지만,

한, 마치 피카추가 라이츄로 변하듯, 에네르기를 응집한 욕이 스스로 한 단계 진화한 그런 느낌.

시현은 그 말을 떡볶이, 국어책, 운동장 따위의 무구한 낱말처럼 자연스럽게 뱉었다. 창가에 앉았던 탓인지, 역광을 등에 업은 시현의 머리 위로 범접하기 힘든 아우라가 번졌다. 그 빛에 넋을 잃은 나는 시현의 팔짱을 끼고 젖과 꿀이 흐르는 낙원으로 향했다.

시현의 말대로 집에는 언니와 여동생만 있었다. 살림을 도와주는 친척 할머니는 어차피 잔소리를 안 하니 어른으로 안 친다고 했다. 엄마는 어린 남동생과 함께 아빠가 일하는 천안에 살고, 시현의 세 자매는 말하자면 수도 서울로 공부하러 온 유학생이었다. 엄마는 자식들에 대한 염려를 지나치게 풍족한 용돈으로 다독였다.

시현의 방에는 놀라운 것들이 많았다.

만화책과 하이틴 로맨스가 무려 5단 책장에 빽빽하게 꽂혀 있었다. 좋아하는 노래를 공테이프에 해적처럼 카피해서 듣던 나와는 달리, 시현은 웬만한 인기가수의 노래는 음반과 테이프 양쪽 모두 보유했다. 집에서는 오디오로, 밖에서는 '마이마이'로 들으려면 둘 다 필요하다나.

어른이 없다던 그 집에서는 할머니가 피자 대신 부침개를 내왔고, 보기로 한 비디오는 임병수의 신곡을 들으며 뒹굴다

보니 새까맣게 잊어버렸지만, 왠지 모든 것이 바라던 대로 착착 돌아가는 느낌이었다.

우리는 머리를 맞대고 '찌끼야 미야 쏘 모쓰 꼬렐 땡 뽀랄'로 시작하는 〈아이스크림 사랑〉의 외계어도 베껴 썼다.

필사를 마치고는 연습장을 마주 들고, 돼지 멱따는 소리로 이중창도 불러제꼈다.

'영원한 나의 사랑아~~~~~~~~~'로 끝나는 후렴구의 그 '~~~~~~~~'를 재현하느라, 되지도 않는 바이브레이션을 뽑아내며 서로의 목젖을 두들겨주었다.

한참을 웃다 보니 거짓말처럼 행복했다. 배도 아프지 않았고, 서러움도 날아갔다. 시현은 할 말이 없을 때마다 딸꾹질하듯 괜히 "개놈!"이라 소리를 질렀고, 나는 그 소리만 들으면 자동으로 웃음 폭탄이 터졌다.

저녁이 되자 시현은 버스 정류장까지 배웅하겠다며 옷을 챙겨 입었다. 나이키 잠바. 그리고 하얀색 나이키 운동화. 머리부터 발끝까지 '멋짐'이 묻어 있었다.

나의 스펙스는 멀리서 보면 나이키와 닮아서, 그날 나는 시현과 커플 신발이라도 맞춘 듯 마냥 뿌듯했다.

사랑했고,

인싸와 아싸

드라마 〈경이로운 소문〉에서 악귀를 물리치는 카운터들은 귀신이 자신의 '땅'을 밟기를 기다린다. 내 구역 안에서라면 호랑이의 기운이 솟고, 승률도 높아진다.

교실에서도 '땅'을 차지하려는 싸움이 치열했다. 센 기운이 허약한 기운을 밀어냈다. 몇 가지가 관건이었다. 성적, 외모, 성격과 같은 베이스에 잔대가리, 완력, 잡기 등과 같은 토핑을 섞어보면 대강의 견적이 나왔다. 이 중 한두 개라도 소유한 자는 소박하나마 제 땅을 갖는 것이 가능했지만, 뭐 하나 해당사항이 없는 자들은 깔끔하게 천민으로 전락했다. 그리고 이 모든 것을 다 지닌 자는 그야말로 광대한 영토의 대지주로 군림했다. 다른 말로 핵인싸 되시겠다.

공부도, 운동도 잘하고, 집안 형편도 넉넉한 것이 하필 키 크고, 날씬하고, 얼굴까지 예쁘다면? 게임은 끝났다. 엄친딸이 라 불리는 재수때기들이다. 새우젓이 바로 그 왕재수였다. 민선은 한 가지를 제외하고 나머지를 다 가졌다. 새우젓이라는 별명은 민선이 갖지 못했던 그 한 가지 때문에 생겨났다.

민선은 눈이 작아 새우젓이었다. 눈뿐만 아니라 이목구비 공동체의 나머지 구성원도 느낌이 비슷했다. 가는 붓을 서너 번만 휘두르면 초상화가 완성될 것 같은 여백의 미를 중시하는 마스크였다. 그 얼굴은 묘하게도 아직 골격이 자라지 않은 아기의 얼굴을 닮았다. 남자 선생님들은 그런 이유로 민선을 편애했다. 여자와 아이는 보호해야 한다는 허세 넘치는 사명감이 민선의 얼굴을 보면 발동하는 모양이었다. 우악스러운 극성쟁이들 틈에서 어디 맞고 다니지나 않는지 염려하는 눈치였다.

총각 선생들 수업시간이면 민선의 또 다른 자아가 입을 열었다. 그녀의 육신에서는 'ㄷ'과 'ㅈ'이 혼합된 자음과 'ㅛ'와 'ㅕ'의 경계에서 만나는 모음이 어느 섬나라 방언처럼 터져 나왔다.

"선생님, 정말 너무하세여."

"왜 저한테만 그러세여?"

"그럼 저 삐딜거에여."

선생들은 수시로 민선을 새우젓이라 놀렸고, 그녀는 매번 최선을 다해 토라졌다. 텔레비전 드라마였다면 바로 채널을 돌렸을 테지만, 이건 라이브인 관계로 아이들은 꼼짝없이 앉아 그 생쇼를 직관했다.

하지만 수업이 끝나면 빙의되었던 아기동자는 물러나고, 민선의 참자기가 돌아왔다. 자모는 제자리를 찾았고, 음정도 한 옥타브 낮아졌다. 그뿐이랴. 새우젓은 우리 반 최고의 욕쟁이였다. 부모가 지어준 엄연한 이름을 놔두고 민선은 친구들에 대한 호칭을 '야 이년아'로 통일했다.

새우젓의 진가는 그녀가 열 받았을 때 드러났다. 민선은 주로 뭔가에 패배했을 때 뚜껑이 열렸는데, 오죽하면 '지고는 못 산다'는 자신의 좌우명을 급훈으로 정하자고 우길 정도였다. '지고는 못 산다'를 궁서체로 적어 교실에 걸어두기에는 도덕적으로 켕기는 게 있었던지, 결국 민선은 '최선보다는 최고'라는 거기서 거기인 말을 급훈으로 밀었다.

민선은 반에서 1등 아니면 2등이었다. 민선처럼 1등 아니면 2등을 하는 애는 또 한 명 있었는데, 그 애는 세영이었다. 의외로 민선은 세영을 상대로는 투지가 없었다. 죽기 살기로 덤비기에… 세영은 이미 많이 아팠다.

세영은 하루 종일 아무와도 말을 하지 않았다. 교실 한구석에서 미량의 산소를 축내며 물갈이를 잊은 어항 속 붕어처럼

사랑했고,

헐떡였다. 뼈와 가죽으로만 이루어진 몸은 드센 눈빛에도 부서질 것 같아 함부로 쳐다보기에도 아슬아슬했다. 쓸쓸한 나룻배가 연상되는 이름, 갑상선이 난파되어 세영은 아팠다.

아무리 먹어도 기운이 나지 않는 병. 세영의 도시락은 내 것보다 세 배쯤 컸는데, 세영은 그 많은 밥을 점심시간 내내 꾸역꾸역 먹었다. 지필로만 판가름 나는 시험에서는 세영이 압도적 1등이었고, 음미체 실기가 포함되면 뭐든 잘하는 새우젓이 그 자리를 차지했다.

공부도 1등이었지만, 미술대회나 백일장 같은 번외 게임에서도 민선은 장려상 정도의 숟가락은 얹었다. 가끔 민선을 제치고 반의 누군가 눈치 없이 최우수상을 받을 때도 있었는데, 그것은 제 발로 동심원 과녁의 정중앙으로 걸어 들어오는 것이나 마찬가지였다. 그는 종일 민선이 입으로 쏘아대는 총알에 누더기가 되었다.

하지만 단체전으로 돌입하면 우리는 다시 한 팀이 되었다. 우리 반은 민선의 주도 아래 온갖 대회를 휩쓸었다. 민선은 유능한 반장이었다. 환경미화나 합창대회, 피구대회 같은 반 대항 경쟁이 벌어지면, 작은 눈에서 다스베이다의 광선검을 뿜는 민선의 극성에 압도당해, 우리는 어느새 국가대표라도 된 듯 혼신의 힘을 쏟았다.

아이들은 민선을 딱히 좋아하는 것은 아니었지만, 민선의 야망 덕에 자신이 '뭐든 잘하는 11반'의 멤버십을 갖게 되었다는 것은 전적으로 인정했다. 비록 제 성적은 형편없었지만, 민선과 함께라면 그 귀하다는 자존감이 국민연금처럼 주기적으로 주어졌다. 손바닥만 한 자기의 땅뙈기를 민선의 영지에 편입시키고자 아이들은 줄을 섰다. 핵인싸의 인증을 득한 인싸가 되고 싶은 아이들.

국경 근처에는 틈만 나면 월경을 시도하는 주변인이 어슬렁거렸고, 외곽에는 언감생심 민선 국민은 꿈도 꾸지 못하는 무리들이 시무룩한 잡초처럼 군생했다. 극소수의 오타쿠들은 제 등에 짊어진 소라껍데기에 숨어 여간해서는 밖으로 나오지 않았다. 그리고 인숙은 경계와 경계 사이에서 자라는 곰팡이처럼 제 영토를 갖지 못한 채 검은 점으로 피었다 졌다.

그런 인숙이 자신의 땅을 광개토대왕처럼 넓혔던 사건이 있었다. 가을 소풍 때였다. 선생님들은 관악산 기슭에 아이들을 풀어놓고 자기들끼리 응달에서 캔 음료를 마시고 있었다. 김밥을 먹고 나면 해산 때까지 아무것도 할 게 없는, 정말 기획력이라고는 눈꼽만치도 필요 없는 행사였다.

카세트 플레이어를 가져온 애들을 중심으로 군데군데서 유행가가 흘러나왔다. 나무 그늘에 누워 무료하게 하늘만 바라보던 체육 선생이 뭐가 떠오른 듯 벌떡 일어나더니 우리 반으로 다가왔다.

"너희들, 이리 와봐. 어디 춤 좀 춰봐라. 맨날 그 좁은 교실에서 몸부림치지 말고, 여기 넓은 곳에서 한번 실컷 흔들어봐."

아이들은 서로 얼굴만 멀뚱히 쳐다보았다. 별다른 호응이 없자, 체육은 다른 반 아이들까지 불러 모았다. 스포츠맨답게 배틀을 붙이고 싶은 모양이었다.

"너네 춤 좋아하잖아. 11반이랑 5반이랑 한번 붙어봐."

멍석을 깔아주면 하던 일도 바로 접는 것이 우리 민족 특유의 겸양이 아닌가. 우리 반 아이들은 사슴처럼 점잖은 듯 말이 없었다.

그때 이 애매한 침묵을 찢고 누군가 나타났다. 5반의 성혜였다. 로라장에 가면 언제든 만날 수 있다는 앞반의 대표 날라리였다. 성혜가 앞으로 뛰어나오자 자연스레 관객들이 성혜를 에워싸며 원을 그렸다. 눈치 빠른 아이 하나가 전영록의 〈불티〉를 선창하자 성혜가 리듬을 타기 시작했다. 5반 아이들의 함성에 지나가던 등산객들이 깜짝 놀라 뒤를 돌아보았다.

"11반은 이렇게 인물이 없나? 시끄럽기만 하지 뭐 별거 없구만."

체육의 도발에 반장이었던 새우젓은 눈꼬리가 이마까지 치솟았다. 적임자를 물색하느라 눈동자가 요리조리 바쁘게 움직였다. 하지만 멍청한 표정으로 박수만 치는 우리 반 아이들을 보며, 새우젓의 얼굴에도 서서히 체념의 그늘이 드리워졌다. 약이 올랐지만 뾰족한 수가 없었다.

그때였다. 누군가 슬라임처럼 원 안으로 스며들었다. 인숙이었다. 저게 누구야? 예상치 못한 인물의 등장에 춤을 추던 5반 아이들이 멈칫했다. 인숙은 도도한 표정으로 성혜의 무리 한가운데로 뛰어들었다. 그리고 흔들기 시작했다. 인숙은 우리가 알던 응달의 소녀가 아니었다.

인숙의 춤은 차원이 달랐다. 뭐랄까, 관절을 지닌 문어 같달까. 신체의 모든 말단은 연체동물처럼 유연했지만, 동작은 칼로 자른 듯 절도가 넘쳤다. 흐느적거리며 뇌쇄적 매력을 흘리다가도, 불현듯 군무를 추는 보이그룹의 파워를 발산했다. 중앙을 차지하던 성혜 무리는 슬그머니 후방으로 밀려났다. 얼핏 인숙의 백댄서처럼도 보일 지경이었다. 5반 아이들의 시선도 점점 인숙을 따라다녔다.

"이야~ 이건 뭐 상대가 안 되는데? 어디서 이런 인물이 튀어나왔어? 11반 승!"

체육은 제 버릇 개 못 주고 이 와중에도 판정을 내렸다. 우리 반 아이들이 들뜬 함성을 질렀다. 숨을 몰아쉬는 인숙의 얼굴에는 처음 보는 신묘한 웃음이 가득했다. 실로 경이로운 인숙이었다.

사랑했고,

인숙의 영토가 관악산 전체로 확장되는 순간이었다. 어디 산등성이에 '남인숙 순수비'라도 세우고 싶은 날이었다. 그날만큼은 인숙의 몸에 배어 있던 곰팡이 냄새조차 말끔하게 날아갔다.

나는 그 냄새에 익숙하다. 우리집에도 그 냄새로 가득 찬 공간이 있다. 우리집 부엌은 마루보다 1미터 정도 지대가 낮았다. 그 부엌 바닥에서 몇 계단을 더 내려가면 지하실 문이 나타난다. 문을 열면 서늘한 냉기에 실린 곰팡이 냄새가 허파로 밀려들었다. 거기에는 우리집 연탄 아궁이들이 있었고, 겨울이면 엄마는 하루에 두 번씩 그곳에서 연탄을 갈았다.

어느 날 겨울 엄마가 몹시 앓았다. 누가 엄마 대신 연탄을 갈지 않으면, 온 식구가 냉골에서 자야 할 형편이었다. 난 초등학교 4학년이었고, 내 세계관 속에는 늘 한을 품은 소복 차림의 귀신이 이웃처럼 공존했다. 꼬박꼬박 〈전설의 고향〉을 본방사수하면서, 아이들과는 어디서 주워들은 괴담들을 성실하게 공유하던 시절.

하얀 한복에 긴 생머리를 늘어뜨린 그녀들은 두려운 동시에 너무 매혹적이었다. 인간의 방심을 먹고 사는 고약한 취향 탓에, 괴담의 결말은 대부분 그녀들의 기습으로 끝이 났다. 쉬는 시간마다 아이들은 머리통을 모은 채 낮은 목소리로 숙덕거리다가 째지는 비명을 지르며 흩어졌다.

강박적으로 전기를 아꼈던 할머니 덕에 지하실에는 코딱지만 한 전구가 사물의 윤곽만을 간신히 비추고 있었다. 어둠과 귀신을 햄버거와 콜라처럼 세트로 떠올리던 나는 그 겨울밤 거기에 가야 했다. 아무리 궁리해도 피할 방법이 없었다. 엄마의 머리는 뜨거웠고, 창밖에는 엄동의 칼바람이 불었다. 결국 나는 정신이 오락가락하는 엄마에게 속성으로 연탄 가는 법을 배우고는, 지하실 문을 열었다. 11년 인생 최대의 위기였다.

불붙은 연탄을 아궁이에서 빼내고, 그 밑에 깔린 연탄재를 꺼내고, 불붙은 연탄을 다시 아래에 깔고, 새 연탄을 그 위에 얹는다. 들을 때는 심플했던 4단계 작업이 실전에서는 디테일과 완력을 요구했다. 검은 연탄은 구멍 많은 그 얼빵한 외모와 달리 깜짝 놀랄 만큼 무거웠고, 불붙은 연탄은 끔찍한 화력을 자랑해서 감히 그 위로 집게를 꽂을 엄두조차 나지 않았다. 어찌어찌 모든 재배치를 끝냈지만, 아직 화룡점정과도 같은 마지막 절차가 남았다. 위아래 구멍을 일직선으로 맞추는 일이다. 그래야 공기가 순환해서 연탄이 꺼지지 않는다. 아궁이는 높았고 내 키는 모자랐기에 나는 한껏 까치발을 들고 불붙는 연탄 위로 얼굴을 내밀었다.

그때 갑자기 훅, 숨이 막히며 정신이 아득해졌다. 몸속의 액

사랑했고,

체와 기체가 동시다발적으로 눈코입을 뚫고 분출했다. 귀신조차 놀랄 만한 괴성을 지르며 나는 그대로 바닥에 나뒹굴었다. 날숨으로 일관했던 호흡이 한꺼번에 일산화탄소를 크게 들이켰던 것이다. 비명 소리에 엄마가 달려와 찬 동치미 국물을 입 속으로 흘려 넣었다.

그 뒤로 나는 지하실 근처에는 얼씬도 하지 않았다. 찰나의 순간이었지만, 유독가스가 기도를 타고 흐르는 느낌은 지금도 잊을 수 없다. 몇 년 뒤 도시가스가 들어오면서 우리집도 연탄과는 영영 이별했지만, 후각은 시각보다 기억력이 좋은 탓에 아직도 습한 장소에 가면 그날의 공포와 절망이 자동으로 떠오른다.

인숙의 냄새는 그 기억을 소환했다. 앓는 엄마, 어둠과 유령, 최초의 혼절, 가공할 공포. 하나같이 슬프고 무서운 기억뿐이어서 인숙의 잘못도 아닌데, 내 몸은 자동으로 인숙을 밀어내고 있었다. 하지만 햇살처럼 인숙이 빛났던 가을 소풍 이후, 인숙에 대한 내 마음은 어느새 호기심으로 바뀌었다. 교실에서 그 애의 모습이 어땠는지 궁금하기도 했다. 내 눈은 어느새 인숙의 근처를 기웃거렸다.

소풍 다음 날 아침, 인숙 옆자리의 희정은 교실 문을 열자마자 큰 소리로 호들갑을 떨었다.

"오올~ 인쑤기! 어제는 진짜 멋졌다. 평소에는 눈도 못 마주치더니, 웬일이니! 체육도 이제 틀림없이 니 이름을 외웠을 거야. 야, 축하한다!"

입 닥치라며 희정의 목을 조르면서도 인숙은 들뜬 표정이었다. 인숙은 체육 선생을 사랑했다.

"니들 그렇게 살지 마. 사람이 먼저 돼야지."

인숙은 그의 말에 감동을 먹었다. 천사 같은 얼굴로, 몸에서 곰팡이 냄새가 난다고 면박을 주었던 수미에게 인숙은 속으로 중얼거렸을 것이다. '너 그렇게 살지 마. 사람이 먼저 돼야지.' 반지하 방의 냄새는 목욕을 해도 사라지지 않는다. 타인의 절망을 가볍게 조롱한 죄. 체육의 '그렇게 살지 마'는 제 분노를 수미에게로 정반사하는 마술 프리즘이었다.

나는 밑도 끝도 없는 체육의 경고가 그렇게 자의적으로 해석될 수 있다는 사실에 뜨악했다. 억울하게 얻어터진 이후, 나는 수업시간마다 '불타는 적개심'을 두 눈에 담아 체육의 기분을 잡치게 만들겠다는 야욕에 사로잡혀 있었다. (워낙에 존재감이 없는 데다가 안경까지 쓰고 있어 별 소득이 없었다는 것이 함정.)

"너무 멋지지 않냐? 먼저 인간이 되라고 할 때 난 소름 돋았잖아. 수미한테 내가 해주고 싶었던 말이었는데⋯. 그렇게 말

사랑했고,

하면서 인상 쓰면, 옆모습이 딱 민수 오빠랑 판박이야." (민수 오빠는 최민수)

인숙과 희정이 숙덕이는 말을 엿들은 이후, 나는 괜스레 체육이 달리 보여 슬슬 표정 테러를 접어야 하나 고민에 빠졌다. 그런데 그날 인숙의 말을 엿들은 사람은 나 말고도 한 명 더 있었다. 새우젓이었다.

다음날 새우젓은 아이들을 모아놓고 공식적으로 이 씨 부인을 선언했다. 체육 선생은 이 씨. 그때 우리들은 남편의 의사는 조금도 고려하지 않고, 서로 누군가의 부인임을 선언하곤 했다. 인기가 좋은 총각 선생님들은 반마다 부인을 두었다. 선언의 의미는 단 한 가지였다. 내 것에 욕심내지 말라는 것. 먼저 선언하는 사람이 본처가 되는 선착순 시스템이었다.

새우젓은 쉬는 시간마다 인숙이 근처로 가서 아이들에게 공감과 협박을 골고루 배포했다. "내 꺼 탐내면 죽는다." 대부분의 아이들은 '그러등가 말등가'였고, 나는 '저게 눈이 삐었나'였다. 풀이 죽은 사람은 단 한 명, 인숙이였다.

입싼둥이들이 바로 일러바친 덕에 체육은 우리 반에도 자신의 또 다른 부인이 거주하고 있으며, 그 대상이 새우젓이라는 것을 금세 알게 되었다. 체육 시간, 햇볕을 피해 등나무 그늘에서 숨을 돌릴 때면 체육은 매번 새우젓을 앞으로 불러 어디 노래나 한 곡 해보라며 싱글거렸다. 결국 할 거면서도 새우

젓은 '왜 자기만 못 딸게 구느냐'며 아기동자 목소리로 쫑알거
렸다. 인숙은 땅바닥에 낙서하는 척하며 고개를 숙였다.

새우젓은 고음이 많아 소화하기 힘든 남자 가수의 노래를
높은 키로 시작해서, 기어코 삑싸리를 냈다. 내가 자다가 깨서
불러도 그것보다 낫겠다고 통을 먹이면서도 체육의 두 눈에
서는 꿀이 뚝뚝 떨어졌다.

"아유, 왜 나만 갖고 그래요~."

그들의 꼴상 사나운 애정행각에 인숙의 표정은 점점 어두
워졌고, 나는 철회했던 표정 테러를 다시 시작했다.

어느 날 인숙이가 사라졌다. 갑자기 학교에 나오지 않았다.
전학도 아니었고, 자퇴도 아니었다. 담임은 애매하게 말을 얼
버무렸다. 곧 다른 아이가 전학을 왔고, 비어있던 책상도 채워
졌다. 한두 주가 지나니 더 이상 인숙을 찾는 사람은 없었다.

인숙을 다시 만난 것은 겨울방학을 앞둔 어느 날이었다. 주
번을 서고 늦게 교문을 나서는데, 언덕 아래에서 아는 얼굴과
마주쳤다. 핀컬 파마를 해서 낯설긴 해도 틀림없는 인숙이었
다. 인숙은 당황한 듯 고개를 돌렸다. 보이지 않는 기운이 인
숙의 땅에서 나를 밀어냈다.

인숙은 등교 중이었다. 야간반으로 옮긴 것이다.

사랑했고,

열다섯 살 우리는,

여전히 귀신이 무서웠고,

짝사랑하는 선생님을 보면 가슴이 설렜고,

예쁜 친구에겐 샘이 났고,

매일 가요를 흥얼거렸고,

쉬는 시간마다 매점으로 달렸고,

5교시에는 잠이 쏟아졌다.

그리고 춤추는 걸 좋아하던 인숙은

제 몫의 돈벌이를 위해 아무도 모르게 공장으로 떠났다.

폭력의 광시곡

도미노가 시작되었다. 운동장에 일렬로 서 있던 아이들은 최에게 뺨을 맞자마자 차례로 쓰러졌다. 수평으로 회전운동 하던 손바닥이 '찰싹' 소리와 함께 타인의 얼굴과 충돌하는 것이 우리가 아는 싸대기의 정의라면, 최의 구타는 다른 이름이 필요했다. 토르의 망치처럼 손바닥은 허공에서 수직으로 낙하했다. 맞으면 얼굴이 옆으로 휙! 돌아가는 대신, 땅으로 고개가 푹! 꺾였다.

　하키부 감독 최의 싸대기는 앞으로 전개될 광시곡의 서막이었다. 쓰러진 하키부원들은 스프링이라도 밟은 듯 재빨리 열중쉬어 자세로 복귀했다. 마지막 얼굴에서 도돌이표라도 읽은 것처럼, 최는 처음으로 돌아가 같은 짓을 반복했다. 손바닥

사랑했고,

이 얼얼하면 2악장으로 넘어갔다. 도구가 등장한다. 최가 하키 채를 찾는 동안 아이들은 신속하게 맞춤형 자세를 취했다. 엎드려뻗쳐. 이번에는 엉덩이다. 내리칠 때마다 자루처럼 몸이 바닥에 쏟아졌다. 어느새 아이들은 처음 자세로 돌아와 뒷짐을 지고 섰다. 클라이막스. 최는 서 있는 아이들 허벅지에 하키 채를 휘둘렀다. 여태껏 찍 소리도 내지 않던 아이들의 입에서 결국 비명이 터져 나왔다.

"솔직히 우리가 낸 돈으로 하키부가 호강하는 거 아냐?"

자습시간, 민주는 울분을 쏟아냈다. 예민한 문제여서 근처에 앉은 아이들이 민주 곁으로 몰려들었다.

"생각할수록 화가 나 죽겠어. 왜 무턱대고 돈을 걷어? 너무 부당해. 내가 하키부랑 뭔 상관이야. 내가 왜 피 같은 오백 원을 뜯겨야 하냐구. 에이씨 우리집이 제일 가난한데!"

민주는 자기가 뱉은 말에 취해 점점 격해지는, 감정의 자가 발전 시스템을 지녔다. 아이들도 덩달아 침울해졌다. 가난하기로는 다들 민주보다 나을 게 없었다.

하키부는 우리 학교의 자랑이었다. 전국 소년체전에서 금메달도 몇 번이나 땄다. 체육 교사 출신의 교장선생님은 애국조회 때마다 하키부의 공적을 전교생에게 강조하곤 했다. 우리는 1년에 몇 번씩 효창운동장으로 하키부를 응원하러 갔다. 'OO배'를 쟁탈하기 위해 모인 각 학교의 선수들은 성배를 찾는 인디애나 존스처럼 날렵하고, 의욕적이었다. 평일에 수업을 째고 야외 스탠드에 앉아 있다는 사실만으로도 우리는 이미 흥분상태였다.

입학 전까지는 필드하키라는 이름도 들어본 적 없고, 여전히 경기 룰도 잘 몰랐지만 상관없었다. 시합이 시작되면 보유하고 있던 미량의 이성마저 말끔히 증발했다. 모두 제정신이 아니었다. '직관' 때문이기도 했겠지만, 우리를 날뛰게 만드는 이유는 따로 있었다. 바로 피아의 단위! 이건 국가대항도 아니고, 시도대항도 아니고, 무려 '우리 학교 VS 다른 학교'였다. 이기면 내가 이기는 것이고, 지면 내가 지는 것이나 마찬가지인, 밀접접촉자들의 대리전이었다.

우리 편이 볼을 잡으면, '야야 야야야야 야야야야야야야'로 시작하는, 이제는 응원가의 조상이라 할 수 있는 〈아이랑 목동〉이 터져 나왔다. 선제골이라도 넣으면 오직 인간의 육성만으로 용산구 일대를 들었다 놓는 염력을 발휘했다. 두 시간 내내 괴성을 지르고 난 다음 날이면 인어공주처럼 목소리를 잃은 아이들이 몇 명씩 생겨났다.

우리 학교는 '하키 명문'답게 대부분의 경기에서 우승이나 준우승을 했다. 경기를 마친 선수들이 관중석을 향해 인사

사랑했고,

를 할 때면, 가슴속에서 뿌듯함이 급속도로 부풀어 올라 심장이나 갈비뼈가 틀어질 것 같았다. 선수들 중 누군가 팔뚝으로 눈물이라도 훔치면, 응원석에 휘발유를 뿌리고 라이터를 던진 것처럼 순식간에 오열이 번졌다. 옆좌석 친구와 부둥켜안고 꺼이꺼이 소리까지 냈다. 난리도 그런 난리가 없었다. 국가대표 축구팀이 월드컵 4강에 올랐을 때도 이 정도는 아니었을 것이다.

"난 끝까지 안 낼 거야. 내가 안 내면 그만이지 지들이 무슨 수가 있겠어?"

윤서는 왼쪽 입술을 삐죽이며 결의를 다졌다. 평소에도 이죽이는 표정을 짓기 좋아하는 윤서는 하키부 성금 얘기만 나오면 얼굴이 더 한쪽으로 구겨졌다. '지들'이 누구인지는 명확하지 않았지만, 안 내고 버티면 윤서 말처럼 뾰족한 수가 있을 것 같지는 않았다.

'지들이 어쩔 거냐'고 말하며 윤서는 정아를 꼬나보았다. 정아는 하키부다. 정아는 책상에 엎어져 자는 중이었다. 정아의 초콜릿 색 허벅지에는 늘 빨강, 파랑, 노랑, 보라, 초록의 무지개가 피었다. 나는 사람의 몸에 그토록 다채로운 멍이 들 수 있다는 사실을, 정아의 다리를 보며 처음 알았다. 멍은 발생한 순서에 따라 색깔을 바꾸며 계절화처럼 피고 졌다.

정아는 수업시간에도 대부분 운동장에서 훈련을 했다. 훈련이 없을 때는 책상에 엎어져 잠을 잤다. 선생님들도 당연한 듯 깨우지 않았다. 씩씩거리며 자다가도 쉬는 시간이 되면 귀신같이 일어나 가방에서 노을빵이나 보름달 같은 것을 꺼내 물도 없이 먹었다. 빵 봉지를 뜯기 전에는 반드시 옆의 아이들에게 같이 먹자고 권해서, 별명이 '한입만'이던 진영은 단골로 정아의 빵을 얻어먹었다. 가끔씩 정아는 빵을 한 봉지 더 꺼내어 아무에게나 주었는데, 그때마다 아이들이 아마존강의 피라냐처럼 몰려들었다. 우리도 정아처럼 마른 빵을 한입씩 나눠 물고는 아쉬운 듯 입맛을 다셨다.

어울릴 시간이 없으니, 반에는 정아와 친한 아이가 별로 없었다. 자느라 말을 못 하는 것인지, 원래 과묵한 건지 모르지만 말수도 적었다. 작정하고 뜯어보면 순한 얼굴이었는데, 몸이 주는 인상이 너무 압도적이어서 접근하기가 두려웠다. 종일 운동장에서 뛰던 정아의 근육질 체형과 점점 지방 집권형 권력 구조로 개편되던 우리의 몸은, 유전자가 다른 이민족처럼 까마득히 이질적이었다. 키도 컸고, 얼굴은 새까맸다.

문제의 발단은 교장의 애국조회 훈화였다.

"하키부가 올해도 하계 훈련을 떠나는데, 우리 학교의 자랑인 하키부를 위해, 여러분의 응원하는 마음을 성금으로 모아

사랑했고,

주기 바란다."

아이들이 술렁였다. 여느 때처럼 묻지도 따지지도 않고 돈을 걸었다면 아무 일 없었을 텐데, 올해는 어쩐 일인지 교장이 어설픈 대의명분을 강조하는 바람에 괜한 분란이 싹튼 것이다.

"응원하는 마음을 성금으로 모으라구?"

"마음을 돈으로 표시하라는 소리야? 그럼 마음이 없으면 안 내도 되는 거야?"

"나는 원래부터 응원한 적 없는데? 아니 응원을 했다고 쳐. 그게 그렇게 큰 죄야?"

"응원하면 벌금을 내라니. 오백 원씩 이천오백 명이면 백만 원도 넘는데, 그렇게 큰돈으로 뭘 하려는 거야? 매일 고기만 먹는 거 아냐?"

갈고리 같은 물음표가 꼬리를 물었다. 성금은 제멋대로 벌금이 됐고, 논리는 애저녁에 사라졌다. 반항심이 드글드글 치솟았지만, 누구도 총대를 메고 대들 용기는 없으니, 할 수 있는 것은 노여움을 공유하는 일뿐이었다. 한 명이 종알거리며 화를 내면, 다른 아이가 '받고 두 배 더' 배팅하는 식으로 점점 분노의 판이 커졌다. 대결 구도가 성립되려면 서로의 의견이 달라야 하는데, 같은 편끼리 같은 패를 쥐고 덤비는 꼴이었기에 한참 흥분해서 소리 지르다가 결국 다 같이 어리둥절해졌다. 현타가 온 아이들은 응징할 대상을 물색했다.

정아에 대한 시선이 차가워졌다. 정아가 빵을 내밀어도 아무도 받지 않았다.

하키부는 오늘도 기합을 받는 중이었다.

"이것밖에 못 하나?"

매번 같은 레퍼토리다. 이것밖에 못 하냐고. 다들 정신상태가 썩었다고. 이런 식으로는 선수 생활도 할 수 없고, 고등학교도 갈 수 없고, 아무것도 할 수 없다고.

유통기간이 짧은 신선식품처럼 그놈의 정신상태는 어째서 그렇게 자꾸 썩었던 것일까. 몽둥이에 강력한 방부제라도 발랐는지, 최는 걸핏하면 매를 들었다.

하키부 아이들은 대부분 가난했고, 운동을 하지 않으면 고등학교를 포기하거나 야간고등학교로 진학해야 할 형편이었다. 대회에서 수상을 하면, 하키부가 있는 고등학교로 장학금까지 받으며 뽑혀갈 수 있다. 어쩌면 국가대표가 되어 빛나는 삶을 살게 될지도 몰랐다. 최는 제 미래를 좌우하는 동아줄이었기에, 아무리 최가 괴물처럼 날뛰어도 아이들은 붙잡은 목숨줄을 놓지 못했다.

운동장에서 최에게 얻어맞는 아이들을 보면 무방비로 눈물이 솟았다. 얼마나 무서울까. 나는 가혹한 말이나 사나운 표정

사랑했고,

에도 쉽게 기가 죽는 편이었다. 괴팍한 성격의 친할머니는 작은 실수에도 항상 언성을 높이곤 했다. 어떤 폭력도 괜찮은 적은 없었다. 가난에 황폐해진 엄마의 손찌검도, 만성화된 할머니의 냉대도… 폭력의 상처는 시간의 풍화작용에서 빗겨 서 있다. 엄마에게 맞은 일은 슬픔으로 필사되었고, 할머니의 구타는 멸시와 천대로 기록되었다. 보존 상태가 좋은 유물처럼 그 기억들은 한 점 한 점 다른 해석을 달고 마음의 다락방에 밀봉되었다.

딱딱한 하키 스틱이 딱딱한 대퇴근과 충돌하는 파열음은, 겪어본 적 없는 사람조차 몸서리치게 만들었다. 100미터를 20초에 뛰는 정선은 자기가 이럴 줄 알고 하키부에 들어가지 않은 거라며, 자기는 저렇게 때리면 차라리 죽은 척할 거라고 가상의 대비책까지 선보였다.

"너무 불쌍해. 정말 개새끼 아니니? 저렇게 때리면 사람이 죽지 않나?"

모르는 얼굴보다 아는 얼굴의 고통은 몇 배나 감정전이가 심해서, 최의 하키 채에 정아가 나가떨어지자 나도 모르게 비명이 터졌다. 쩔뚝이며 다시 일어서는 정아의 표정은 덤덤했는데, 괜히 나 혼자 눈물바람이었다.

모금 마감일은 금요일. 반장은 다른 반도 거부 운동에 동참하기로 했다며 은밀한 목소리로 소식을 전했다. 누가 뭐라는 사람도 없는데, 결전의 날이 다가오자 아이들은 절로 비장했다.

"너 설마 돈 가져온 건 아니지?"

드디어 D-day였다. 배신자의 첫 삽이 소심한 기회주의자들에게 공든 탑을 무너뜨릴 명분을 제공할까 봐, 강경론자들은 기민하게 주변을 단속했다.

"야, 민정아. 너 운동부라 힘세잖아. 이 쓰레기는 니가 버리고 와."

윤서가 교실 뒤편의 쓰레기 더미를 정아에게 발로 밀었다. 대청소 날이라 묵은 쓰레기가 커다란 쓰레기통을 가득 채웠다. 윤서 무리는 지난주 벌점을 먹어 이번 주 쓰레기 당번이었다. 윤서의 말투는 (구걸하는) 운동부니까, 그 대신 이거라도 하라는 말로 들려 어쩐지 불편했다. 그런데 그 파렴치한 윤서의 말에 오히려 주변 아이들이 고개를 끄덕이는 것이 아닌가. 정아는 잠깐 동안 아이들을 바라보더니, 그대로 가방을 싸서 교실을 나갔다. 종례 시간에도 정아는 돌아오지 않았다.

결국 그날 우리는 아무도 성금을 내지 않았다. 담임은 의외로 별말이 없었다. 사태를 파악한 교장만 길길이 날뛰었다. 오천 원도 아니고, 그깟 오백 원에 이렇게 의리 없게 굴다니, 이건 분명 빨갱이 같은 젊은 선생들의 책동이라며, 교장은 특정 선생들을 싸잡아 의심했다.

교장의 의심은 일견 합리적이었다. 사실 아이들의 용기는 각 반 담임의 암묵적 동조에 기대고 있었다. 올해 우리 학교에는 서른 전후의 젊은 선생님들이 열 명도 넘게 발령되어 왔고, 그들이 모두 2학년 담임이 되었다. 부당한 것은 부당하다 말해도 된다는 가르침은 그들에게서 처음으로 배웠다.

일주일 후 운동장 조회에서 교장은 침통한 목소리로 학생들의 철없는 짓거리를 꾸짖었다. 올가을 예정된 서울 아시안게임에 우리 학교 출신 선배들이 하키 국가대표로 출전하는 것을 알고 있느냐며, 그들이 조국의 명예를 드높일 수 있으려면 국민들의 성원과 기도가 필요한데, 어떻게 같은 학교의 후배로서 그런 후안무치한 행동을 할 수 있느냐며, 학생들을 이렇게밖에 교육하지 못한 자신의 잘못이 크다며, 교장은 안경을 올리고 눈물을 닦는 시늉까지 했다. 우리는 한순간에 국가를 배반하고, 민족을 저버린 반역자로 전락했다.

아이들은 갑자기 풀이 죽었다. 애국 이데올로기에 대항하기에 우리는 너무 어리고 심약했다. 일주일째 오백 원을 가방에 넣고 다닌 아이도 있었고, 돈을 받은 즉시 떡볶이집에 갖다 바친 아이도 있었다. 부담스러운 액수여서 아직 집에 말도 못 꺼낸 나 같은 아이도 여럿 되었다. 회개할 기회를 주겠다는 의미에서, 교장은 마감일을 일주일 연장했다.

"아이씨, 그래서 어쩔 건데? 낼 거야? 이건 아니지. 우리 모두 교장한테 속은 거 같다니까."

　윤서가 아무리 들쑤셔도, 매너리즘에 빠진 시즌제 드라마처럼 돌파구 없는 반항에 아이들은 점점 지쳐갔다. 지지세력이 심드렁할수록 윤서는 더 독해졌다.

　체육 시간에 피구를 하던 중이었다. 윤서는 공을 잡기만 하면 보란 듯이 정아를 겨냥했다. 윤서의 의도가 너무 노골적이어서 모두가 곧 그들을 주목했다. 지루했던 경기가 흥미진진해졌다. 아이들은 이제 공을 잡기만 하면 윤서에게 패스했고, 윤서는 그 공으로 다시 정아를 공격했다. 공을 던지는 사람만 헐떡거릴 뿐 피하는 정아는 크게 움직이지도 않았다.

　마침내 지친 윤서가 제풀에 나가떨어지자 이상한 일이 벌어졌다. 다 같이 윤서가 된 것이다. 약속도 안 했는데, 공만 잡으면 모두 정아를 겨눴다. 처음에는 몸을 풀듯 슬슬 공을 피하던 정아도, 묘한 분위기를 감지하고는 표정이 일그러졌다. 아무리 피해도 공은 다시 날아왔다. 정아도 숨을 몰아쉬기 시작했다. 아이들은 한마음으로 정아가 죽기를 염원했다. 죽기 살기로 던지고 또 던져도 정아는 쉽사리 공에 맞지 않았고, 모두들 조금씩 정아에게 조롱당한 기분이 되었다. 급기야 체육부장이 공을 잡아 불꽃슛을 날리자, 대놓고 통쾌한 함성마저 질러댔다.

　하지만 거기까지였다. 피하기만 하던 정아는 체육부장의 강

사랑했고,

슛을 한 손으로 잡아서는, 전광석화처럼 윤서에게 되돌려주었다. 넋을 놓고 서 있던 윤서는 정아의 공에 얼굴을 정통으로 맞고 쓰러졌다. 모두 얼음이 되었다. 윤서의 얼굴은 코피가 터져 피투성이였다.

씨발년. 윤서는 한참이나 정아를 노려보다가 욕과 피가 섞인 침을 땅바닥에 뱉고는 양호실로 사라졌다. 아무도 정아에게 말을 걸지 않았다.

결국 이 문제는 반마다 투표를 통해 결정하기로 했다. 찬성표가 많은 반은 성금을 내고, 반대표가 많은 반은 내지 않는, 누가 봐도 이상한 방식이었지만, 아이들은 절묘하고도 지혜로운 결정이라며 환호했다. 적어도 제 의사는 표명할 수 있으니 불만은 없었다. 피구공 사태 이후 윤서의 목소리는 더욱 커졌고, 정아는 이제 빵도 먹지 않고 잠만 잤다.

투표 당일, 담임은 하고 싶은 말이 있는 사람은 해도 된다고 마지막 발언의 장을 열었다. 더 무슨 할 말이 있을까. 그동안 너무 많은 말을 했다. 이제는 윤서조차 입을 다물었다.

그때 은정이 슬그머니 손을 들었다. 코알라처럼 순한 은정이 아이들 앞에 나서는 것은 처음이었다.

"비밀투표인 것은 알지만, 그냥 한마디만 말하고 싶어요. 나는 우리 학교에 배정된 것이 싫었어요. 집에서도 멀고, 학교도

낡았고, 친한 친구는 시설 좋은 학교를 다녀서 부러웠고⋯ 근데 하키부 응원을 다니면서 조금씩 생각이 달라졌어요. 우리 학교가 너무 자랑스러웠어요. 우리 팀 이기라고 막 소리 지르면, 진짜 우리 팀이 막 이겼고, 너무 멋있어서 눈물도 막 쏟아졌어요. 저는 응원하는 마음을 성금으로 모아 달라는 말에 동의해요. 그게 부당한 건지 아닌지 잘 모르겠지만, 제 마음은 오백 원보다 훨씬 커요. 저는 정아 팬이에요."

어디서 훌쩍이는 소리가 들렸다. 엎어져 자는 척하던 정아였다. 최의 매질에도 꼼짝 않던 정아가 어깨를 들썩이며 울기 시작했다. 낯선 슬픔이 아이들을 출렁이게 했다. 사실 은정뿐만 아니라 우리는 모두 정아의 팬이었다. 경기장을 누비는 저 멋진 친구가 우리 반의 민정아라고, 오늘 두 번째 골을 넣은 영웅이 내 친구라고, 효창공원의 언덕을 내려오며 우리의 어깨는 하늘까지 치솟았었다. 지역대회에서 우승한 다음 날, 나 역시 노을빵을 사서 정아의 책상 서랍에 몰래 넣어둔 적도 있었다.

울음이 관중석을 급습했다. 모두 알고 있었다. 정아의 잘못이 아니라는 걸. 정아에게 그러면 안 됐다는 걸. 오백 원은 핑계였고, 조금씩 화를 내는 맛에 길들여지고 있었다는 걸. 우리는 부당함에 항거해도 된다는 것만 겨우 배웠을 뿐, 아직 그 방법까지는 익히지 못했던 것이다.

사랑했고,

아니다. 어쩌면 우리는 정아가 태연한 것이 못마땅했는지도 몰랐다. 우리에게 적선을 바라는 주제에 비굴하지도, 침울하지도 않은 정아가 싫었던 것이다. 다 같이 힘을 모아 정아의 오금을 내리쳐서, 그 강인한 무릎을 보란 듯이 우리 앞에 꿇리고 싶었던 것이다.

우리는 망나니처럼 각자의 마음에서 잉태된 말의 퍼즐을 정아에게 던졌다. 작고 희미해서 아무것도 아니라고 치부했던 증오의 부스러기들. 완성태를 숨겼던 직소퍼즐처럼 최후의 한 조각이 제자리를 찾자 그것은 본 모양을 드러냈다. 커다란 칼날이었다.

하키부 성금은 다음 해부터 폐지되었다. 그해 가을 우리나라 필드하키팀은 서울 아시안 게임에서 사상 최초로 남녀 동반 금메달을 차지했고, 하키는 순식간에 효자종목으로 부상했다. 국가적 지원도 늘어나, 전통을 자랑하는 우리 학교의 하키 꿈나무들은 장학금과 함께 체육 명문고로 진학했다.

...

TV에서 어쩌다 하키 경기를 만나면 자동으로 정아가 생각났다. 웅크리고 울던 정아의 어깨, 하키 스틱에 맞아도 끄떡없던 다부진 몸이 그날은 봇물이 터진 듯 울고 또 울었다.

정아의 박물관에 그날의 기억은 어떻게 보관되어 있을까. 마음의 동통은 다리의 멍처럼 시간이 흐른다고 절로 사라지지 않는다는 것을 알기에, 가끔은 정아의 오늘이 궁금하기도 하다.

멀리서나마 내 작은 염원도 보낸다.

슬픔을 보관하는 그 낡은 궤짝에 반짝거리던 추억들도 함께 동봉하기를.

선하고 강했던 그 날의 너를 향해,

우리의 어리석음이 던진 칼날뿐만 아니라,

경탄과 환호로 쏘아 올린 우정의 폭죽도 부디, 함께.

사랑했고,

불규칙 동사 완전정복

장미가 멀리서 손을 흔들었다. 교문 앞에서 장미가 나를 기다린 것은 오랜만이다. 나는 섭섭했다. 못 본 척 땅만 보며 걸었다. 내 섭섭함을 표현할 수 있는 방법이 고작 외면하는 것뿐이어서 더 화가 났다. 내가 눈길을 피하니까, 장미도 굳이 나를 부르지 않았다. 마음은 정반대였다. 장미가 달려와 내 등을 툭 치며, 삐졌냐, 물어주기를 고대했다. 그랬다면 나도 5초 정도 째려보다가, 죽을래? 막혔던 말문을 열며, 결국 참내, 참내, 하면서 헛웃음을 터뜨렸을 것이다. 하지만 한참 있다 뒤돌아보니, 장미는 이미 그 자리에 없었다.

남양주 어디랬나? 담임이 전학생을 소개하는 동안 교실에

정적이 흘렀다. 모두 얼이 빠졌다. 어떻게 사람이 저렇게 생겼지? 15년 인생 통틀어 만나본 사람 중 제일 예뻤다. 주변에서 성형수술 한 사람도 찾아보기 힘들었던 시절, 우리는 대부분 북방계 몽골인종의 유전자가 충실하게 구현된 외모를 하고 있었다. 한 미모 하신다는 아이들도 그래 봐야 거기서 거기였다. 호박에 줄 그은 정도.

아이들은 한순간에 장미에게 반해버렸다. 보고만 있어도 심미적 욕구가 충족되었다. 유난히 속눈썹이 길었던 왕눈은 태어난 지 한 달 된 시골 백구를 닮았고, 입술 양 끝으로 보조개를 만드는 살인미소는 집사의 손가락을 깨무는 새끼 고양이의 것이었다. 장미를 볼 때마다 극렬한 호감이 뇌하수체를 자극하여 도파민이 한 바가지씩 분비되었다. 질투나 텃세도 없었다. 괜히 꼬투리를 잡고 싶다가도 장미가 말끄러미 쳐다보면 까칠했던 말의 가시가 흐물흐물 녹아내렸다. 장미순이 이름이었지만 다들 장미라 불렀다. 그 얼굴에는 미순이보다는 장미가 제격이었다.

미모도 미모지만, 아이들이 그녀에게 반해버린 진짜 이유는 따로 있었다. 전대미문의 얼빵함. 유리왕의 「황조가」를 배운 날, 명숙은 장미에게 은밀한 목소리로 얘기했다.

"얼마 전 고구려 무덤에서 이 시의 두 번째 연이 새로 발굴되었대. 언니가 읊어볼 테니 한 번 들어 봐."

사랑했고,

관심 없다는 장미를 굳이 앞에 두고 명숙은 진지한 표정으로 낭송을 시작했다.

"펄펄 나는 저 꾀꼬리, 암수 서로 정다운데, 외로워라 이 내 몸은, 뉘와 함께 돌아갈꼬. 여기까지가 학교에서 배운 내용이고… 문밖에는 귀뚜라미 울고, 산새들 지저귀는데, 내 님은 오시지는 않고, 어둠만이 짙어가네. 이게 이번에 발굴된 두 번째 연이야."

김범룡 팬이었던 명숙이 오늘의 개소리를 발행한 것이다. 내친김에 명숙은 무리수까지 두었다. 「황조가」는 중요한 작품이라 중간고사에서 틀림없이 외워쓰기가 나온다는 것이다. 특히 2연.

혹시나 하고 귀를 열어두었던 아이들이 역시나 하며 혀를 찼다. 하지만 쉬는 시간마다 중얼중얼 '바람 바람 바람' 가사를 연습장에 옮겨 적는 장미의 모습을 보고, 아이들은 노다지라도 발견한 것처럼 동시에 전율했다. 권태의 바다에 돌멩이 하나가 떨어진 것이다. 뭐 좀 재밌는 일 없나, 늘 무료사의 위험에 시달리던 아이들은 펜을 잡고 웅크린 장미의 뒤통수에서 새 희망의 싹을 발견한다. 곧 아무 말 대잔치의 서막이 올랐다.

장미가 제일 잘하는 말은 '아~ 진짜?'였다. 누가 어떤 헛소

리를 지껄여도, 장미는 가뜩이나 큰 눈을 더 동그랗게 뜨고,
진짜? 진짜? 하면서 놀라곤 했다.

"빨리 집에 가서 일해야 해. 집에서 돼지를 키워서 내가 아
주 바쁘거든."

"아, 진짜? 서울에서도 돼지를 키워?"

"서울에서는 도시락에 소세지 싸 오면 안 돼. 혼분식장려운
동이랑 소세지 금지가 한 세트야. 지난달에도 3학년 두 명이
소세지 싸 왔다가 정학 먹었어."

"아… 진짜? 나 소세지 좋아하는데…."

"나 사실 중학교 재수했어. 앞으로 언니라고 불러."

"아, 진짜…요?"

중삐리의 상상력이 허락하는 온갖 유치찬란한 말들이 책
상 사이로 강물처럼 범람했다. 정말이지 더럽게 재밌었다. 신
나서 떠들던 자가 이야기 끝에 '뻥이야'라고 소리치면, 장미는
'어우야~~' 하면서 반달눈을 만들었다. 그 표정에 중독된 아
이들은 자신에게 허락된 창의력의 마지막 한 점까지 끌어모
아, 장미를 놀리는 데 탕진했다.

그 당시 나는 영어의 불규칙 동사 때문에 골머리를 앓는 중
이었다. 부모의 경제력과 시험 점수가 양의 상관관계를 이루
는 대표적 과목이 영어다. 영어에 대해서라면 나는 새벽에 내

사랑했고,

린 첫눈과도 같은 사람이었다. 완전무결한 백지 상태 혹은 백치 상태. 알파벳조차 중학교에 들어가 처음 외웠다. 대문자에 소문자, 인쇄체에 필기체가 내연의 애인처럼 숨어 있었다는 사실에는 큰 충격을 받기도 했다. 선생님은 알파벳 4세트를 내일까지 외워 오라고 미션임파서블 계의 조상인 팥쥐 엄마처럼 얘기했다. 헷갈려 돌아가실 것 같았다. 뻑하면 b와 d, p와 q를 바꿔 썼다. 필기체는 보면서도 따라 쓰기가 힘들었다. 영어가 그렇게 어렵다더니, 드디어 소문의 실체와 마주한 것이다.

나는 알파벳이 소리 문자라는 사실도 몰랐었다. 교과서 1과 첫 문장은 Good morning. 나는 일단 단어 아래에 '굿모닝'이라 한글로 적어놓고, '엠오알엔아이엔지'는 주문처럼 따로 외웠다. 발음기호를 배우고 나서야 생짜로 머릿속에 쑤셔 넣던 스펠링이 사실은 소릿값을 지닌 음성 기호의 나열이었다는 것을 뒤늦게 깨우쳤다. 암실에서 전등 스위치를 찾은 것처럼 돈오의 불빛이 번쩍했다.

영어는 그런 과목이었다. 단서를 숨겨놓은 방탈출 게임 같은 것. 주어진 것은 교과서 한 권과 만사 심드렁한 교사 한 명뿐. 참고서도, mp3 파일도, 원어민 친구도 없었다. 세계지도 한 장 쥐고 뉴욕에 사는 토마스를 찾아 나서는 것만큼 막막했다. 새 단원이 시작되고, 그 장의 Grammar & Structure가 등장하면, 이번에는 또 어떤 함정이 도사리고 있을지 몰라 미리부터 마음이 어수선했다.

불규칙 동사는 깡패 중의 깡패였다. 따라올 테면 따라와 보든가, 난수표와 같은 무작위 정보가 앞에서 달려가면, '닥치고 암기!'를 복창하며 볼펜과 연습장이 뒤를 따랐다. 대환장 카오스의 문이 열린 것이다. 우주는 넓고 동사는 하늘의 별처럼 많았다. (적어도 그때 내 기분에는 그랬다.) cut-cut-cut이나 hit-hit-hit처럼 단순한 별자리도 있었고, come-came-come, run-ran-run처럼 촐싹이 별도 있었다. taught와 thought, bought와 brought는 소리도 글자도 다 헷갈려서 견우성, 직녀성처럼 쌍으로 내게 덫을 놓았다. 심지어 go나 be처럼 쉬운 단어가 과거형은 어이없게 went와 was였다. 원형과 철자가 한 개도 겹치지 않는 낯선 모습. 가장 친숙한 존재가 가장 이질적인 얼굴로 돌변하는 그들에게서 생의 밑바닥에 도사린 배반의 향기마저 느껴졌다. 〈유주얼 서스펙트〉의 카이저 소제 같은 놈이었다.

규칙 동사들은 고요했다. 마주한 자를 시험에 빠뜨리지 않는다. 과거도, 그보다 더 먼 시간도 투시가 가능했다. 어제가 그랬듯이 내일도 다를 것 없다고, 그들은 의심 많은 나를 다독여주었다. 이렇게 명확한 룰이 있는데 왜 어떤 말들은 미친 망나니처럼 날뛰는 걸까. lie, lay, lain, laid, lied와 씨름하다가 그냥 영어를 포기해야겠다고 결심하려는데, 말들이 내 귀에 속삭였다. 뻔하기만 하면 재미없지 않냐고.

정면 돌파 외에는 답이 없었다. 나는 깨끗한 종이를 놓고 교과서에 부록으로 딸린 불규칙 동사표를 베껴 썼다. A4 양면에 빽빽했다. 옮기고 나서는 종이가 닳을세라 무려 200원이나 주고 코팅까지 했다. 들고 다니며 외우고, 외우다가 속에서 천불이 나면 그걸로 부채질도 할 수 있는 (병 주고 약 주는) 능률적 사물이었다.

"그거 뭐야?"

뒤돌아보니 장미가 서 있다. 얼굴만 봐도 갑자기 기분이 좋아졌다.

"너 이거 다 외웠어?"

"그게 몬데? 그거 외워야 돼?"

"야! 중간고사에 나온다고 했잖아."

"아, 진짜?"

"넌 뭐가 맨날 아, 진짜야!"

묘안이 떠올랐다. 물귀신 작전에 돌입한 것이다. 혼자 하면 생고생 같았던 일도 같이 하면 금세 놀이가 된다. 톰 소여의 울타리 페인트칠 같은 것이다.

"너, 내가 이거 특별히 너한테만 빌려줄 테니까, 내일까지 50개 외워 와. 내일 서로 문제 내기다. 하나 틀릴 때마다 딱밤

한 대씩. 오케?"

　이튿날부터 본격적인 배틀이 시작되었다. 매일 집에 가기 전에 미션을 정하고 그다음 날 붙는 것이다. 외우지 못한 죄는 머리가 저질렀으니 그 징벌도 머리에 떨어졌다. 틀린 사람은 질끈 눈을 감은 채 앞머리를 올렸고, 때리는 사람은 캬캬캬캬 웃으며, 모아둔 짜증을 손가락 끝으로 발산했다. 이때만큼은 사슴 같은 장미의 눈동자에도 승냥이의 야수성이 번뜩였다. 한두 대 맞다 보니 점점 승부욕이 치솟았고, 이마가 멍게처럼 바뀔 때쯤 우리는 종이 양면을 통틀어 모르는 단어가 하나도 없게 되었다. 매 앞에 장사 없다는 말이 괜한 것이 아니었다. 폭력적 스킨십은 어쩐지 프렌드십과 닮아서 우리는 어느새 딱밤 말고도 나눌 것이 많은 사이가 되었다. 사춘기 우정이 단단해지는 데는 비밀을 공유하는 것만 한 게 없었다.

　어릴 적 얘기를 할 때면 장미는 매번 '내 입으로 말하기는 좀 그렇다'라는 전제를 깔았다. 전학 오기 전, 장미의 별명은 소피 마르소. 아이들이 뽑은 그 학교의 3대 미녀 중 하나였다. 나머지 둘은 2학년 피비 케이츠와 3학년 브룩 실즈. 장미에게는 물어보지도 않고 장미의 남친 자리를 걸고 자기들끼리 결투를 벌이는 남자애들 때문에 늘 어이가 없으셨다고…. 제 입으로 말하기는 좀 그렇다면서도 한번 발동이 걸리면 장미의

사랑했고,

전설은 꼬리에 꼬리를 물고 이어졌다. 태어난 동네라 사람들은 친숙했고, 그 친숙한 이웃들도 우리처럼 장미를 사랑했다. 장미의 이야기는 함박눈이 흩날리는 스노볼 속의 풍경처럼 동화 같았다. 그 아름다운 낙원을 버리고, 도대체 왜 장미는 이곳에서 조금 모자란 아이처럼 허둥대고 있는 것일까.

내 궁금증을 풀어준 사람은 장미의 언니였다. 장미는 시집간 큰언니네 집에서 살았다. 실내에 계단이 있는 커다란 2층 양옥집이었다. 그 집에 놀러 간 날, 장미의 미모가 집안 내력이라는 것을 대번에 알 수 있었다. 장미는 자기 방으로 들어와 문을 잠갔다. 조카들한테도 따라오지 말라며 소리를 질렀다. 사람인지 인형인지 구분하기 어려웠던 조카들은 막내 이모의 고함에 쫄아 엄마의 치마 품으로 파고들었다.

장미는 방에 들어오자마자 앞집 남학생 얘기에 열을 올렸다. 창문을 열 때마다 자꾸 눈이 마주치는 남자애가 있는데, 그 애가 강석우를 꼭 닮았다나. 몰입해서 듣고 있던 나는 그 대목에서 강하게 반발했다.

"야! 뻥치지 마. 그렇게 잘생긴 사람이 어딨냐! 니 눈에만 그렇게 보이는 거겠지."

평범한 민가에 그 정도의 미남이 거주할 개연성에 대하여 서로 핏대를 올리며 싸우느라, 아래층에서 언니가 부르는 소리도 듣지 못했다. 언니는 마침 주스가 똑 떨어졌다며 얼른 슈

퍼에 가서 훼미리 주스를 하나 사 오라고 장미를 심부름 보냈
다. 쌀이나 연탄도 아닌데, 부잣집에서는 주스에도 떨어진다
는 말을 하는구나… 주스가 없으면 가정에 어떤 위기가 발생
하는가… 이런 생각에 빠져, 나는 장미가 올 때까지 연습장에
오돌토돌한 훼미리 주스 병을 그리고 있었다. 노크 소리가 들
리고 잠깐만 얘기해도 되냐면서 장미 언니가 들어왔다.

"미순이랑 친하게 지내줘서 고맙다는 말을 꼭 하고 싶었어."

조금 아픈 얘기였다. 작년에 장미의 엄마가 돌아가셨다. 늦
둥이라 유별나게 장미를 사랑했다고 한다. 상심한 노년의 아
빠와 사춘기 장미만 빈집에 남았다. 오빠나 언니들 모두 장미
를 사랑했지만, 보호자가 되는 것은 다른 문제였다. 가까운 데
사는 두 언니의 집을 거쳐, 결국 장미는 맏이의 의무를 짊어진
큰언니의 집에 정착했다. 엄마도, 이웃도, 친구도 없는 서울.
여기서 장미는 더 이상 우주의 중심이 아니었다. 장미의 엄마
가 그랬듯, 언니의 딸들이 언니의 우주였다. 웃음과 말을 잃은
장미를 보면서 매일 마음이 짠했다고, 언니는 얘기 끝에 결국
목이 메었다.

"근데 걔가 어느 날부터 공부를 하더라? 깜짝 놀랐어. 단어
를 외우더라고. 안 외워진다고 신경질도 막 부리고… 밤마다
둘이 받아쓰기도 했어. 자기가 오늘 몇 대를 맞았는지 아느냐
면서, 내일은 꼭 복수해야 된다고…. 장미가 가만두지 않겠다

던 친구가 너 맞지?"

3학년이 되자 반이 갈렸다. 800명이 13반으로 나뉘어 컨테이너 박스처럼 차곡차곡 쌓였다. 장미는 앞반, 나는 뒷반. 앞반은 1, 2층, 뒷반은 3, 4층. 앞반과 뒷반은 위치도 다르고 과목 선생님들도 달라서 동유럽과 서유럽처럼 가까운 듯 멀었다. 쉬는 시간마다 갈라진 친구를 찾아 위아래로 오르내리던 아이들도, 얼마 지나지 않아 계단에 굴복하고 현실을 받아들였다. 영원을 약속했던 베프의 자리도 매년 주인이 바뀌는 미스코리아 왕관처럼 방금 사귄 짝꿍에게 양도되었다. 아직 마음이 여물지 않은 중학생들의 사귐이란 그런 것이었다.

지원이 아니었으면 우리의 결별도 이처럼 평범했을 것이다. 헤어지면 죽을 것처럼 슬플 줄 알았는데, 슬프기는 하지만 죽을 것 같지는 않다가, 슬픔마저 알코올처럼 휘발되고, 마침내 산뜻한 소유권만 남는 방식. 여전히 내 친구라는 사실만 분명히 하고, 자잘한 집착들은 자진해서 철수하는.

장미와 나도 비슷했다. 학기 초에는 먼저 끝난 사람이 매일 교문에서 기다리다가, 나중에는 금요일에만 같이 가기로 약속을 바꿨다. 자주 못 만나는 대신 반가움은 백배로 커졌다. 할 이야기가 너무 많았다. 좋아하는 선생님, 얄미운 재수떼기, 마음을 다치게 하는 가족의 말 한마디. 우리는 서로에게 오래된 대나무숲이었다.

　어느 금요일, 둘만의 그 숲에 불청객이 등장했다. 장미가 지원과 함께 나타났던 것이다. 지원은 우리 학교 일진이었다. 지원의 무리는 주로 까만 가죽 잠바를 입고 다녔고, 쇼트커트에 무스를 발라 머리카락을 고슴도치처럼 뻗치게 했다. 가방에 담배나 본드, 부탄을 갖고 다닌다는 얘기도 있었고, 면도칼을 껌보다 자주 씹는다는 풍문도 무성했다. 싸우다가 기분이 나쁘면 씹던 면도칼을 상대방의 얼굴에 뱉는다는 무시무시한 괴담이 떠돌아 아이들은 지원의 얼굴을 똑바로 쳐다보지도 못했다. 하지만 정작 그들은 무리에 속하지 않은 다른 아이들에게는 관심도 없었다. 같이 놀지도 않았고, 말도 잘 안 섞었다. 발 딛고 선 땅이 둘로 쪼개진 듯 그들과 다른 애들 사이에는 까마득한 심연이 가로놓였다. 종례가 끝나면 반달 모양의 스포츠 가방을 둘러매고 다들 어딘가로 몰려나갔다. 교문을 벗어난 다음 그들이 어디로 가는지 아무도 알지 못했다.

　"어디 갈 데가 있어서 앞으로는 같이 못 가."

　지원이 장미의 팔짱을 꼈다. 주말을 눈앞에 둔 금요일의 하굣길. 김말이와 떡볶이를 시켜놓고 적립했던 그리움까지 세트로 나눠 먹는 달콤한 시간. 장미와 함께 하는 금요일의 데이트는 내게 일주일 중 가장 행복한 시간이었다.

　기분이 이상했다. 그리고 기분이 상했다. 내가 대꾸가 없어

사랑했고,

서 장미가 머뭇거렸지만, 곧 지원이 장미의 팔을 잡아끌고는 집과 반대 방향으로 사라져 버렸다. 나는 그 자리에서 30분도 넘게 기다렸다. 생각이 바뀌었다며 장미가 다시 올 것 같았다. 하지만 장미는 오지 않았다. 두려움과 서러움이 번갈아 가며 드나드는 통에 마음에 자잘한 찰과상이 남았다.

그날 이후 나는 복도에서 장미를 만나도 모르는 척 지나쳤다. 내 상처를 드러내는 방법은 그것밖에 없었다. 장미는 날이 갈수록 머리가 노래졌고, 술이 달린 가죽 잠바 같은 것을 입고 왔다. 내가 모르는 척하니까 장미 역시 나를 쌩까기 시작했다. 옆으로 지나칠 때 희미한 담배 냄새가 바람에 실려 왔다. 얼굴에는 한 번도 본 적 없던 냉소가 서려 있어 내가 알던 그 애가 아닌 것만 같았다. 장미는 어느새 학교에서 주목하는 공식 일진 명단에 이름을 올렸다.

아이들은 자꾸 내게 장미에 대해 물었다. 답답한 속도 모르고 나를 다그쳤다. 그 장미가 그 장미가 맞냐고, 너랑 친했으니 이유를 알 거 아니냐고… 아무리 머리를 굴려봐도 까닭을 알 수 없었던 동사들의 반란처럼 이 불안하고, 불편하고, 불규칙한 장미의 변화도 이해할 수 없기는 마찬가지였다.

어디서 들었는지 장미는 엄마가 없어 언니랑 산다며, 아이들은 결정적 단서라도 발견한 듯 수군거렸다. 그때마다 맥이 풀렸다. 손바닥이 아프게 움켜쥐고 있던 무엇이 연기처럼 사라진 기분이었다. 서로 머리통을 쥐어박으며 낄낄거리던 일이 생각났지만, 이제 나는 지원의 표정을 닮은 장미가 어쩐지 두려웠다.

지원의 무리는 단체로 징계받고 대다수가 학교에서 사라졌다. 군인이 민간인을 마음대로 잡아가던 시절이었다. 국가는 국민을 함부로 대했고, 학교도 국가의 방식을 흉내 냈다. 마음에 질풍이 몰아치는 열여섯 어린 국민에게도 국가의 가혹함은 예외를 두지 않았다. 우리는 아주 어릴 때부터 '타의 모범'이 되는 삶을 살아야 한다고 배웠다. 글짓기를 잘해도, 그림을 잘 그려도, 공부를 잘해도 모든 상장의 문구는 '타의 모범이 되었기에' 이 상을 주는 거라고 못 박았다. 그래서 우리는 기준에서 벗어난 자에게 국가가 조금 냉혹하더라도 그것이 사회 정의를 구현하는 길이라 믿어 의심치 않았다. 세상에는 불규칙 동사처럼 천만 가지 인생이 존재한다는 것과 그 정도의 일탈이 사회 정의에 아무런 해도 되지 않는다는 사실을 배우기 위해서는 조금 더 세월이 흘러야 했다.

멀리서 장미가 나에게 손을 흔들었다. 그 모습이 오래된 풍경화처럼 낯설었다. 장미에게 걸어가는 몇 초 동안 여러 개의

사랑했고,

마음이 전쟁을 벌였다. 압도적인 것은 반가움이었지만, 서러움의 목소리가 제일 컸다. 나는 결국 장미를 외면했다. 시간이 촉박해서 진심을 드러내는 방법을 찾지 못했다. 눈은 장미를 밀어냈지만, 귀는 장미가 내 이름을 불러주기를 기다렸다. 불러도 들리지 않겠다 싶어 뒤돌아보았을 때, 장미는 이미 그 자리에 없었다.

그것이 마지막이었다.

(짝)사랑 그 쓸쓸함에 대하여

군대를 갓 제대한 민 선생은 빡빡머리로 부임했다. 군인과 국어 선생님. 어울리지 않는 조합이었지만, 머리카락이 짧은 것만 빼고는 어쩐지 문학소년 같은 묘한 멋이 있었다.

집에 가는 길 내내 연욱은 그에 대해 종알거렸다. 학교에서 집까지는 걸어서 40분, 버스로 네 정류장 거리. 무거운 가방이 고역스러웠지만, 매일 버스를 타기란 어려웠다. 회수권은 한 장에 100원, 열 장에 900원. 열 장으로 한 달을 버텨야 해서 몸이 안 좋거나 비가 오는 날을 대비해 평소에는 걸어 다녔다.

연욱은 동네가 비슷해서 나와 같은 버스를 타고 하교했다. 어느 날부터 내가 걸어가는 날이면 자동으로 연욱이 따라왔다. 연욱의 집은 우리집보다도 더 멀어서 만만찮은 거리였지만 개의치 않았다. 그때 그녀에게 버스보다 더 긴요했던 것은 제 말을 들어줄 누군가의 귀였다. 당장 뚜껑을 열지 않으면 끓어 넘칠 찌개 냄비처럼 연욱의 속에는 짝사랑으로 부풀어 오른 말들이 개봉의 찰나를 노리고 있었다. 40분이면 얼추 급한 불은 끌 수 있었다. 우리집에 도착할 때쯤이면 그날의 브리핑이 끝났고, 연욱은 한층 홀가분해진 표정이 되어 날름 버스를 잡아탔다. 이제는 집이 코앞인데, 돈이 너무 아까웠다.

연욱은 그를 선생님이라 부르지 않았다. '민' 또는 '그'라 불렀다. 5년 후 어른이 되면 그에게 고백할 거라고 했다. 가장 큰 소원은 빨리 어른이 되는 것.

브렌따노나 언더우드를 즐겨 입던 연욱이, 엄마 옷을 줄인 것 같은 블라우스나 정장 기지 바지를 입고 나타난 것도 민에 대한 브리핑이 시작되던 그즈음이었다. 신발코가 뾰족해서 촉새같이 생긴 에나멜 구두도 구색을 맞췄다. 굽 높이 때문에 갑자기 키가 5센티미터는 커버린 연욱이 국어 선생을 '그'라고 부르면, 발랄하던 우리의 수다는 돌연 성숙하고 비밀스러운 밀담으로 변신했다.

"어제 그를 봤어. 별관 자판기 앞에서 어쩔 줄 모르고 서 있더라구. 손에는 생리대를 들고 말야. 휴지인 줄 알고 잘못 뽑았나 봐. 지나가던 애들이 키득거리니까 귀까지 새빨개지더라. 하아~ 내가 얼른 가서 구해줬잖아. 멀리서 내가 오는 거

보고 일부러 관심 끌려고 그러는 것 같아."

연욱은 민의 생리대 자판기 사건을 얘기하며 한껏 눈빛이 아련해졌다. 그에 대한 모든 일은 '전지적 연욱시점'으로 각색되었다. 마무리는 내용에 관련 없이 저 깊은 곳에서 길어 올린 한숨이었다. '바보 아니야?' '까막눈이냐?' '기계치야?' '요거요거 변태 냄새가 나는데?' 하마터면 내 입 밖으로 튀어나올 뻔했던 이런 말들이 연욱의 한숨에 도로 들어갔다.

성격이 정반대인 쌍둥이처럼 짝사랑은 전혀 다른 두 가지 모습을 지녔다는 걸 나는 연욱을 통해 알게 됐다.

내가 보아온 여중생의 짝사랑이란 신나는 이벤트 같은 것이었다. 그것은 우선 호쾌한 팡파르로 출발한다. 그가 너무 좋다고, 내가 찜했으니 그런 줄 알라고, '이제부터 우리 1일이야'를 아쉬운 대로 일단 저 혼자 선언하고는 매일매일이 소풍 전야처럼 들뜨는, 마음속에 노랑풍선을 열 개쯤 매달아 놓은, 그런 것이었다.

대상은 성룡, 장국영, 전영록처럼 먼 곳에서 빛나는 오빠들이나, 국영수사과한도음미체 중 하나를 담당하는 지척의 남자 선생님들이었다. 선언이 끝나면 선전선동이 이어진다. "진짜 캡숑 멋지지 않냐?" 제 눈에 씐 콩깍지의 객관성을 입증하고자 그들은 기회만 되면 주변인을 들들 볶으며 동의를 구했다.

황금보다 우정이 소중했던 때라 대부분 성심성의껏 끄덕여주었다. 그래놓고 이번에는 기껏 맞장구를 쳐준 자에게 정반대의 협박을 일삼았다. "행여 눈길도 주지 마라!" 도대체 어느 장단에 춤을 춰야 할지 몰랐지만, 아무려면 어떠랴. 아무 장단이나 풍악이 울리기만 하면 우리는 매일 들썩이며 깔깔거렸다.

짝사랑을 선언한 자들은 에너지가 넘쳤다. 앞머리를 둥글게 말아 이마를 우산처럼 덮는 일에 영혼을 갈아 넣었고, 쉬는 시간마다 종이접기의 달인이 되어 빠른 손놀림으로 학을 접었다. 교탁에 포도봉봉을 올려놓고 좋아하는 선생님의 기색을 살피기도 했다. "쌤, 지영이가 선생님 좋아한대요~~." 누군가 난데없이 폭로라도 하면 60명이 동시에 책상을 드럼처럼 두들기며 놀란 갈매기 소리를 냈다. 짝사랑은 그렇게 모두의 축제였다.

가난한 집에 입양된 쌍둥이 자매처럼 똑같은 외사랑이었지만 연욱의 그것은 사뭇 달랐다. 민에게 마음을 빼앗긴 후 연욱은 웃음을 잃었다. 재밌는 일이 있어도 입을 꽉 다물었다. 그때 우리는 가랑잎이 떨어져도 웃었고, 안 떨어지고 버텨도 웃었으며, 마침내 버티다 떨어진 가랑잎이 굴러가기라도 하면 너무 웃다가 대부분 배가 찢어졌다. 심지어 도덕 선생님은 진지한 말투로 묻기까지 했다. "제발 이유나 알자. 도대체 너희들, 왜 웃는 거니?" 그 말에 몇 명은 겨우 잠재웠던 웃음보가 다시 터져 결국 숨도 못 쉬고 사망했다나 뭐라나.

'저 경박한 어린것들이 사랑의 쓸쓸함을 알까.' 시도 때도 없이 꺄르르~ 꺄르르~ 뒤로 넘어가는 아이들을 보며 연욱은 고개를 저었다. 그러고는 한숨을 쉬며 자물쇠가 달린 일기장을 꺼냈다. 아이들의 웃음이 잦아들 때까지 홀로 일기장에 뭔가를 끄적이며, 이탈한 유체를 자기만의 섬으로 유배시키는 것이다.

연욱의 사랑법은 정반대였다. 연욱은 자신의 마음을 누군가 알아채기를 바라지 않았고, 다른 아이들이 민에게 관심을 갖는 것도 싫어했다. 자신의 짝사랑이 민들레 홀씨처럼 여기저기 떨어져 소문으로 발아하는 것도 경계했다. 심지어 짝사랑인 주제에 자존심도 내세웠다. 일부러 국어 숙제를 안 해와서 민의 눈길을 끌더니, 불손한 태도로 일관하여 마침내 교무실에 불려가기까지 했다. 연욱은 밀당도 하고, 미래도 설계하며, 진지하게 홀로 비밀연애 중이었다.

연욱은 어떤 운명적인 계기로 인해 자신과 민이 각별한 사이가 될 것이라 확신했다. 하굣길의 브리핑에서 연욱은 그 야심 찬 로드맵을 내게 최초로 공개했다. 연욱의 다이어리가 민의 심장을 겨누는 최종병기 활이었다. 민 선생은 대학교 때 이미 등단한 시인이었는데, 연욱은 다이어리에 습작한 자작시가 집대성되는 대로 그걸 들고 그를 찾아갈 생각이라는 것이었다.

사랑했고,

아무리 고개를 360도로 둘러봐도 주변에 시라는 것을 쓸 것으로 추정되는 고등생명체는 흔적조차 찾을 수 없었기에, 연욱의 기대는 점점 확신으로 굳어졌다. 낭중지추囊中之錐에 반하지 않을 시인이 어디에 있단 말인가. 둘이 마주 앉아 도란도란 시를 논하다 보면, 더 이상 자신을 야생 원숭이에 가까운 다른 아이들과 똑같이 취급하기는 어려울 거라며 연욱은 야비한 썩소까지 날렸다.

사실 민은 그다지 인기 있는 선생은 아니었다. 스물여섯 살. 총각. 국어 선생님. 민에게는 이 막강한 베네핏을 한 방에 날려버리는 치명적인 결함이 있었다. 지나치게 구렸다. 그는 아무거나 입고 왔다. 우리집 옷장 한구석에 오래전부터 걸려 있던 아빠의 셔츠들. 낭비를 죄악시하는 가풍 때문에 차마 버리지는 못하지만, 해지고 바래고 촌스러워서 다시 의복의 기능을 수행할 것이라는 기대는 이미 물 건너간 그 옷들. 민의 셔츠는 그것들과 닮았다.

나중에 국문과에서 플로베르의 일물일어설一物一語說을 배웠을 때, 나는 민을 떠올렸다. 플로베르는 주장했다. 이 세상에 어떤 것을 표현하기 위해 가장 적합한 어휘는 오직 하나뿐이라고! 민의 셔츠를 표현할 수 있는 단어도 딱 하나였다.

'뉘리끼리.'

그는 그 싯누런 셔츠 두세 벌을 '때 색'이라고 밖에 설명할 수 없는 컬러의 면바지와 매칭해 입었다. 통 좁은 바지조차 깃발처럼 앞뒤로 펄럭이게 만드는 마른 다리에, 이제는 덥수룩해진 장발과 두꺼운 뿔테 안경까지. 심각한 병마에 시달리는 식민지 지식인의 역할을 구하는 영화감독이 있다면, 그는 보자마자 캐스팅되어 분장도 없이 촬영장에 투입되었을 것이다. 쓰레빠에 구멍 난 양말을 뚫고 진격하는 엄지발가락은 덤이었다.

아이들은 민을 소 닭 보듯 했고, 그런 이유로 연욱은 자신의 사랑이 더 특별하다고 자부했다. 깔끔하고 잘생긴 선생님을 좋아하는 일은 얼마나 쉬운가? 그건 너무 흔해 빠졌다.

고급 브랜드의 맨투맨 셔츠를 날렵한 청바지에 넣어 입고 다니는 물상 선생님은 최고의 스타였다. 지루한 과학원리를 재미있게 설명하는 유머 감각은 기본이요, 수시로 눈웃음을 발사하는 귀여운 외모에, 차별 없이 모두에게 자상하기까지 했다. 심지어 그에게서는 남자 선생님들한테 절대 기대할 수 없는 청량한 인공의 향기가 났다.

연욱은 주장했다. 물상을 좋아하는 일은 아이스크림이나 떡볶이를 사랑하는 것과 같다. 나도 갖고 있지만, 나만 가진 것이 아닌 보편적 국민 정서 같은 것. 물상을 향한 아이들의 마음은 아이돌을 향한 팬덤과 비슷한 거라서 거기에는 맹목적

사랑했고,

환호만 넘실거릴 뿐 사랑의 다른 이름인 슬픔이나 쓸쓸함은 찾을 길이 없었다. 코흘리개들은 짐작조차 할 수 없는 찐 사랑의 대상으로는 민의 남루함이 제격이다.

물상의 교무실 책상 위에는 누군가의 몇 달 치 노동력을 착취한 종이학, 학알이 담긴 유리병이 즐비했다. 책꽂이 윗단에는 받은 펜레터를 보관하는 전용 바구니도 보란 듯이 자리했다. 아이돌답게 스캔들도 터졌다. 영어 선생과 연인 사이라는 소문이 파다했다. 처음에는 질투심에 콧김을 내뿜던 아이들도 경쟁자가 영어라는 것을 알게 되자 깔끔하게 마음을 접었다. 장동건의 연인이 고소영이고, 원빈의 애인이 이나영이라는 사실만큼이나 사람을 무기력하게 만드는 뉴스였다.

영어는 올해 부임한 젊은 선생 중 최고의 에이스였다. 학기 초 새로 부임한 선생님을 소개하는 자리에서, 교장은 영어 선생이 서울대를 과 수석으로 졸업한 인재라며 그런 선생님한테 배우는 것을 영광으로 알라고 자기가 괜히 공치사였다. 그녀는 공평성을 상실한 날 삼신할미가 '에라 모르겠다' 하는 마음으로 미모와 재능을 한군데 몰빵해 점지한 것 같은 인물이었다.

쉬는 시간이면 수업을 마친 영어와 물상이 나란히 웃으며 교무실로 들어가는 모습을 볼 수 있었다. 퇴근길에 단둘이 교문을 나서는 것을 목격했다는 증인들도 속출했다. 분명 데이트 중인 연인의 분위기였다면서, 파파라치들은 현장의 생생한 느낌을 덧붙이는 것도 잊지 않았다. 한문 시간에 선남선녀라는 고사성어를 배웠을 때, 나는 자동으로 물상과 영어를 떠올렸다.

민 선생은 곧 죽을 것 같은 표정으로 수업에 들어올 때가 있었다. 교실에 들어와서는 마치 자기 몸이 출석부라도 되는 것처럼 상체를 절반으로 접어 교탁에 붙였다. 한참을 꼼짝도 안 해서 혹시 죽은 거 아니냐며 아이들이 술렁이기 시작할 때쯤, 익살맞은 표정으로 몸을 일으켰다.

"어제 술을 너무 많이 마셨나 봐. 아아아~ 죽을 것 같아. 도시락으로 콩나물국 싸 온 놈 없냐?"

여학생들에게 그런 해괴망측한 소리를 하는 선생은 한 명도 없었기에 아이들은 다 같이 빵 터졌다. 뭐야, 은근 재밌잖아.

교실에서 해장국을 찾다니 너무 낭만적이지 않냐며, 선미는 호들갑이었다. (선미는 낭만의 뜻을 뭐라고 생각하는 걸까.) 민 선생의 색다른 매력을 인정하는 무리가 조금씩 늘어났고 그럴수록 연욱은 초조해했다.

민은 수업시간에 교과서에 없는 시를 한 편씩 가르쳐주기도 하고, 칠판 가득 낯선 노랫말을 적고는 직접 노래를 불러줄 때도 있었다. 김수영, 백기완, 노찾사, 김민기… 그가 적은 언

사랑했고,

어들은 난해했고, 노랫말은 온통 수상했지만, 눈을 감고 노래를 부르는 그의 모습만큼은 일품이었다. 술이 안 깬다면서 낄낄거릴 때와는 달리 노래를 불러줄 때의 그는 어쩐지 비장하고 서글펐다.

잘 부르는 것은 아니었지만, 듣는 사람이 함부로 숨을 쉬기 어려울 정도로 모든 가사에 정성을 담았다. 정성스러움은 그의 필살기였다. 그는 한순간 번뜩이며 품속에서 그것을 꺼냈다. 정성스러움. 그 칼날을 휘두르는 순간, 키득거리고 퍼득거리던 깃털 같은 웃음들이 허공에서 낙하했고, 시간은 일 초 일 초 악센트를 찍으며 단호하게 흘렀다.

그는 종종 그런 표정으로 학생들을 바라보았다. "선생님~~"하고 학생이 그를 부르면, 75도 각도로 기울어진 주전자에서 물이 쏟아지듯, 부른 자의 얼굴에 그의 온전한 관심이 와르르 쏠렸다. 몸의 모든 촉수를 열고 전격적으로 몰입한 표정. 어떤 선생도, 고작 학생 나부랭이의 호출에 그런 정성을 보여준 적이 없었기에 아이들은 헤벌쭉 입이 벌어졌다. 감수성 예민한 연욱도 언젠가 그 시선에 피폭된 이후 한순간에 저 지경이 된 것이었다.

연욱의 브리핑은 불현듯 끝났다. 가을 시화전 다음 주, 갑자기 민이 나를 교무실로 불렀다. 연욱의 눈이 커졌다. 놀라움은 내가 더 컸다. 나는 그와 통성명을 한 적이 없는 800명 익명의 전교생 중 하나였다. 그런데 왜?

민은 내가 제출한 시를 보고 있었다.

"이거 니가 썼니?"

질문의 의도를 몰라 겨우 "네…" 하고 우물거렸다.

"잘 썼다… 슬프네….

가슴에 사과가 툭 떨어졌다. 내 슬픔을 알아준 첫 번째 어른이었다. 시화전 주제는 '가을'이었다. 수억 배 밝은 빛을 발산하지만 곧이어 소멸이 찾아오는 초신성처럼 가장 풍요로운 계절인 가을이 지나면, 모든 사물이 예정된 죽음을 맞이할 것이라는, 하룻강아지의 허세 넘치는 비관이 흥건한 시였다.

할머니와 다섯째 고모가 별것도 아닌 일로 합세해서 어린 동생을 때렸던 날, 방에 숨어서 아무렇게나 써 내려간 글이었다. 나와 몇 살 차이 나지 않는 막내 고모는 할머니의 영원한 막둥이였고, 할머니에게 우리 자매는 그저 탐탁지 않은 며느리의 딸들이었다. 막내 고모만 먹을 수 있는 간식에 손을 댄 죄로, 그날 열 살 동생은 할머니에게 매를 맞았다. 무언가 꾸역꾸역 치밀어 올랐다. 나는 그저 방구석에 쪼그리고 앉아 애꿎은 원고지를 연필로 난자하는 중이었다. 학교에서 내일까지 시 한 편씩 제출하라는 숙제를 내주었지만, 그럴 정신상태도 아니었고, 무엇보다 시라고는 써본 적도 없었다. 입으로, 머리로는 알고 있는 모든 욕을 뱉었는데, 진화된 번역 앱처럼 내 손이 나도 모르게 다른 글을 적었다.

민은 상체를 앞으로 숙이고 내 눈을 곰곰이 바라보았다. 내 손이 적은 글을 거슬러 올라, 내 입에, 내 머릿속에 고였던 그 슬픔을 가늠하려는 듯이. 연욱이 피폭되었던 그것이 나에게 오고 있었다. 이건 곤란한데, 심장이 이렇게 나대면 안 되는데, 상대가 민이라면 더더욱 곤란한데…. 나는 정신이 나간 채 휘청이며 교실로 돌아왔다. 연욱의 호기심이 복도까지 마중을 나왔다. "뭐래?" 태연함을 가장하는 연욱의 목소리에 어색함이 가득했다. "그냥, 시 잘 썼다고…" 태연함을 가장하는 내 목소리가 쿵쾅거리는 심장 때문에 흔들렸다.

연욱은 혼자 버스를 타고 집에 가기 시작했다. 나는 잘됐다고 생각했다. 나에게도 생각을 정리할 시간이 필요했다. 그날 이후 민은 복도에서 나와 마주칠 때마다 큰 소리로 아는 척을 했다. 화장실 가고 있는 사람을 멀리서 불러 달려가면, 고작 어디 가느냐는 뻔한 질문을 하곤 했다. 시 쓴 거 또 없냐고도 물었다. 그럴 때마다 그 관심의 시선이 폭포처럼 쏟아졌다. 연욱의 눈치가 보여서 주변을 살피면서도, 내 안에 말할 수 없는 비밀이 생겨났다는 것은 짐작할 수 있었다.

연욱의 병은 나에게 옮아왔다. 민의 모든 말이 나를 향하고 있다는 착각에 빠진 것이다. 그가 숙취에 찌든 얼굴로 수업에 들어오면, 시인의 고뇌라는 것을 내게 보여주기 위해 일부러 위험을 무릅쓰는 것이라 감동했다. 복도에서 만날 때마다 잘 되고 있냐고 묻는 것도, 어쩌면 시는 핑계일 뿐 사실은 나와 친해지고 싶어서라고 해석했다. 민은 수업시간에 나의 시를 아이들에게 낭송하고, 한용운이나 김소월의 시처럼 해석까지 해주었다. "오올~~" 색다른 사건에 신이 난 아이들이 호들갑을 떨며 내 등에 인디안밥을 먹였다. 이제부터 나를 만해 김용운이라 부르겠다고 설레발치는 아이들도 있었다. 그때마다 연욱은 자물쇠가 달린 다이어리를 꺼내 잠자코 낙서만 했다. 우리는 더 이상 함께 나눌 얘기가 없었다.

연욱과 나는 어이없는 일로 다시 친해졌다. 겨울방학을 얼마 앞두고 학교에서 깜짝 발표를 했다. 방학 때 두 선생님이 결혼식을 한다는 것이었다. 민과 영어였다. 우리는 다시 버스를 버리고 걷기 시작했다. 40분도 부족할 만큼 쌓인 얘기가 많았다.

'너는 학생이고, 나는 선생이얏!!'
영화 속에서 김하늘이 권상우에게 깔끔하게 선을 긋는 이 유명한 장면을 볼 때마다, 나는 아직도 가끔 헛웃음이 터진다.

사랑했고,

저 들에 콩깍지

담임이 얘기했다.

"공부 잘하네! 선생님이 앞으로 아주 기대가 커."

머릿속에서 전구가 켜졌다. 태어나서 처음 듣는 말이었다. 기대가 크다니. 나한테? 이렇게 상냥한 목소리로, 내게 이런 얘기를 해준 사람은 없었다.

중2 첫날, 새 담임이 앞문으로 들어왔다. 문틈으로 찐한 향수 냄새가 사람보다 먼저 입장했다. 도합 8년을 학교에 다니며 한 번도 본 적 없는 스타일의 선생님이었다. 1980년대 대한민국에서 교사라는 직업을 가진 자에게 기대할 수 있는 이미지란 뻔했다. 첫째는 단정함, 둘째는 빈곤함, 셋째는 앞의 두 가지가 만나 필연적으로 탄생한 구림. 문이 열리고 그녀가 등장했다. 화려하고, 럭셔리하고, 아름다웠다.

아이들은 모두 얼이 빠졌다. 담임은 브로콜리 같은 펌을 말지도 않았고, 무릎 아래로 어정쩡하게 내려오는 고동색 스커트도 입지 않았으며, 로션만 바른 얼굴에 두꺼운 뿔테 안경을 걸친 것도 아니었다. 단발머리는 좌우 길이가 달라 해괴했고, 눈과 뺨과 입술에는 소신이 뚜렷한 컬러가 제각기 존재감을 뽐내는 중이었다. 그녀는 올해 처음으로 선생님이 되었고, (당연한 말이지만) 담임을 맡은 것도 처음이기에, 우리가 자신의 첫 제자라며 서서히 감격의 게이지를 올리기 시작했다.

우리 반 교실은 교무실과 최단 거리에 위치했다. 교실 뒷문에서 열 발자국만 걸어가면 바로 교무실 앞문이었다. 그 사실을 개똥만큼이라도 신경 쓰는 사람은 우리 중 한 명도 없었다. 우리 반은 그 누구보다 공부를 못했지만(13개 반 중에서 12등이나 13등), 호연지기만큼은 남부럽지 않아서 성정은 대범하고 목소리는 우렁찼다. 선생님들은 쉬는 시간마다 교실 뒷문으로 쳐들어와 소리를 질렀다. 조용히 좀 하라고, 무슨 애들이 이러냐고, 살다 살다 첨 봤다고, 도대체 일을 할 수가 없다고.

모르는 선생님의 고함 소리에 깜짝 놀라 입을 다물었던 아이들은 소리를 지른 선생님이 채 뒷문을 닫기도 전에 도로 떠

들어댔다. 담임은 동료 선생들이 자신의 금쪽같은 제자들에게 고래고래 욕을 퍼붓는 장면과 아무리 욕을 해도 좀처럼 욕이 스며들지 않는 제자들의 두터운 맷집을 흥미로운 표정으로 훔쳐보곤 했다. 시끄러운 건 약과였다. 우리는 대체로 2교시가 끝나면 밥을 먹었다. 쉬는 시간이 가까워지면 여기저기서 부시럭부시럭 뭔가를 준비하는 소리가 들렸다. 종이 울리자마자 일제히 뚜껑이 열리고, 빠르게 돌린 비디오테이프처럼 가공할만한 속도로 도시락이 비워졌다. 행동이 느려터진 몇 명을 제외하고, 60명 중 50명 정도는 그 시간에 1차를 끝냈다. 점심시간이 되면 방금 도시락을 삼킨 위장은 완벽하게 초기화되었고, 우리는 다시 사발면이나 노을빵을 찾아 매점으로 우르르 2차 원정을 떠났다.

선생님들은 우리 반 3교시에 수업이 배정되는 것을 극도로 싫어했다. 3교시에 들어온 선생님들은 공간을 가득 채우고 있는 100종 이상의 반찬 냄새에 급성 호흡곤란을 호소했다. 창문을 열고 복도에서 5분 정도 서성이다가 손수건으로 코를 막고 들어오는 선생도 있었다. 한 번만 더 이러면 모조리 벌점을 먹이겠다는 협박파, 다른 요일은 실컷 먹어도 좋으니 내 수업이 3교시인 날만은 참아달라는 님비족, "야 이 돼지새끼들아" 하고 다짜고짜 화부터 내는 분노 조절 실패자, 정말 아무 냄새도 나지 않는다는 표정으로 365일 우직하게 수업을 강행하는 비염 추정자…. 선생들 반응은 각양각색이었지만, 아침 먹은 지 한두 시간도 지나지 않은 그 시간에 이렇게 정열적으로 밥을 들이마신 우리를 사람으로 보지 않는다는 점만은 비슷했다.

어느 날인가는 담임이 교실을 급습했다. 5분 내로 도시락을 비우고 화장실까지 다녀오자면 여간 바쁜 것이 아니었다. 하루 중 제일 경황이 없는 시간에 갑자기 담임이 등장하자 모두 버퍼링이라도 걸린 것처럼 머뭇거렸다. 이미 절반도 넘게 먹었는데 이제 와 뚜껑을 닫기도 애매했고, 그렇다고 명색이 담임인데 대놓고 무시하기도 어려웠다. 이러지도 저러지도 못해 눈치만 보고 있던 그때, 담임이 갑자기 재킷 주머니에서 숟가락을 꺼냈다.

축제의 폭죽이 터지듯 사방에서 웃음이 폭발했다. 주춤했던 아이들은 다시 대오를 정비했고, 교실은 잔치가 열린 장터처럼 활기로 흥성거렸다. 그녀는 통로를 돌아다니며 여기저기서 아이들의 밥을 뺏어 먹었다. 선생님 앞에 내놓기 부끄러웠던 신김치나 장아찌 반찬도 고르게 털렸다. 이후로도 담임은 심심찮게 출몰했고, 그녀가 다녀간 날의 종례시간에는 여지없이 아이스크림이 한 보따리 등장했다. 밥을 얻어먹은 사람이 디저트를 쏘는 거라나.

그녀의 모든 것이 그저 신기했다. 학생 면담 주간이 시작되자 어쩐지 가슴이 두근거렸다. 연예인과 만나는 팬의 마음이 이런 걸까. 언니도 없고 교회도 안 다니던 나는 젊고 예쁜 여자 어른과 연을 맺어본 적이 없었다. 고모들은 담임과 비슷한 또래였지만, 그들에게는 담임에게 넘치는 결정적인 한 가지가 부재했다. 머리끝에서 발끝까지 좌르르르 소리를 내며 흐르는… 갖고 싶다고 어디 가서 살 수도 없고, 급하다고 순식간에 날조하기도 어려운… 살면서 돈 때문에 곤란했던 기억이 없어 보이는 자의 얼굴에 어리는… 그것. 담임에게서는 온통 부티가 흘렀다.

여중생들의 질투와 선망이 그녀에게 집중되었다. 종례시간에 담임이 돌린 빠삐코를 빨고 있으면, 먼저 끝난 다른 반 애들이 복도에서 우리 반을 흘끗거렸다. 괜히 어깨가 올라갔다.

그런 그녀가 면담시간에 내게 말한 것이다. '기대가 커'라고.

마음속에 작은 씨앗 하나가 뿌리를 내렸다.

여름방학이 되자 담임은 또 다른 이벤트로 우리를 놀라게 했다. 서울 근교에 아버지의 별장이 있다면서 반 아이들 중 몇 명을 그 집으로 초대한 것이다. 하루 날 잡아서 신나게 놀자며, 담임이 우리보다 먼저 들떴다. 선생님이 학생한테 친구처럼 같이 놀자고 하는 것도 신기했지만, 우리의 입이 떡 벌어진 데는 더 큰 이유가 있었다. 별장이라니! 같이 모여 놀자고 한 곳이 관악산이나 한강도 아니고 무려 별장이었다. 별장. 오로지 휴식과 놀이만을 위해 마련된 별도의 공간. 드라마에서나 보았을 뿐 그런 곳에 실제로 가봤다는 사람은 주변에 없었다. 별장은커녕 우리 중에는 온 식구가 방 하나에 모여 사는 아이도 흔했다.

그 설레는 잔치에 초대받은 아이는 열 명 남짓. 다들 나처럼 조금은 어리둥절했다. 학교 선생님은 일종의 공공재와 비슷한 개념이어서 이렇게 소수가 독차지하는 일은 드물었기 때문이다. 같은 이유로 은근한 선민의식도 발동했다. 파티의 입장권은 오로지 선택받은 자에게만 허락되었다. 같이 오지 못한 친구들에게 자랑하고 싶었다. 축제의 초대장은 네가 아니라 내가 받았어.

1986년 여름. 아직도 가끔 그날이 생각난다. 그곳은 태어나서 열다섯 살이 될 때까지 내가 가본 모든 장소 중 가장 현실감이 없었다. 버스로 겨우 몇 시간 달려갔을 뿐인데, 시간과 공간을 싹둑 잘라 다른 곳에 이어붙인 듯, 눈 앞에 펼쳐진 풍광이 놀라울 정도로 딴 세상이었다. "자, 이제 다 왔어." 발랄한 담임의 목소리도 영화 속 더빙처럼 아득하게 들렸다.

넓은 잔디밭에서 목줄도 없이 뛰어놀던 큰 개가 선생님을 보자 꼬리를 흔들며 달려왔다. 잔디밭 저 끝에는 테라스가 있는 이층집이 보였다. 나이 지긋한 할아버지 한 분이 마당에서 꽃을 가꾸고 있다가 우리를 발견하고 고개를 끄덕여주었다. 별장은 수상한 선교사가 길에서 나누어주던 천국의 상상도와 놀라울 정도로 흡사했다.

집 앞에는 작은 개울이 흘렀다. 잠깐 발만 담그고 들어가자는 담임의 계략에 넘어가 순식간에 우리는 물에 빠진 시궁쥐가 되었다. 과감하게 먼저 입수한 담임이 손에 잡히는 족족 우리를 붙잡아 물귀신처럼 개울로 끌어들인 것이다. 쭈뼛거리던 소심둥이도, 완강하던 고집쟁이도, 담임의 파상공격 앞에서는 쪽도 못 쓰고 나뒹굴었다. 마스카라가 녹아 검은 눈물을 흘리는 담임은 그야말로 지옥에서 건너온 사신 같았다. 이 무슨 날벼락인가, 멍청하게 입을 벌리고 구경하던 나도 사신에게 뒷덜미를 잡혀 마음의 준비도 없이 물속에 처박혔다. 이쯤 되니체면도 급류에 떠내려갔다. 열 명도 넘는 주책바가지들이 그바가지로 물을 퍼서 광년이처럼 사방으로 흩뿌렸다. 얼굴에 정통으로 물대포를 맞은 아이들이 콧물과 침이 범벅된 낯으로 정체 모를 괴성을 내지르는 통에 고요했던 산골짜기에 기괴한 메아리가 울려 퍼졌다.

우리는 한 팀이 되어 담임을 에워쌌다. 집중된 공격에도 끄떡없던 그녀는 인해전술로 퍼부어대는 물살에 조금씩 중심을 잃고 휘청거리더니 결국 뒤통수부터 물에 처박히고 말았다. 어찌나 속이 후련하던지. 한참 만에야 물에서 올라온 그녀는 흘딱 젖은 머리카락을 비 맞은 개처럼 휘휘 털면서 오랫동안 실성한 듯 깔깔거렸다. 웃음이 물보라처럼 방울방울 번져갔다.

순간, 그 장면이 찰칵! 마음에 담겼다. 살아가면서 '잊지 못할 선생님이 있느냐'는 질문을 받을 때마다 어쩐지 나는 그날의 웃음소리가 떠오르곤 했다.

반나절을 허우적거리다 별장으로 돌아오니 이번에는 또 다른 세상의 문이 열렸다. 우리는 동시에 탄성을 질렀다. 아주 기다란 식탁 가득 어마어마한 먹을 것이 우리를 기다리고 있었던 것이다. 헨젤과 그레텔에 등장하는 과자로 지은 집처럼 아이들을 유혹하려고 단단히 작정한 상차림이었다. "다들 배고프지?" 하나 마나 한 질문을 하며 담임이 웃었다. 더할 나위 없이 완벽한 하루였다.

2학기가 시작된 후에도 별장의 기억은 수시로 머릿속에서 출몰했다. 기억은 신기루와 같아서 가끔은 그날의 일이 꿈처럼 느껴지기도 했다. 실수로 웜홀이 열려 잠깐 다른 세상에 다녀온 것도 같았다. 그녀가 사는 세상은 여기와 달랐다. 어쩐지 예사롭지 않더라니. 어떻게 사람에게서 저렇게 좋은 냄새가 나나. 저런 옷은 대체 어디에서 사나. 분명 한국 사람인데 어째서 머리카락이 연갈색인가. 어떻게 매일 다른 옷을 입고 오나. 무엇보다 왜 늘 행복해 보일까.

그날을 곱씹을 때마다 담임의 말도 덩달아 소환되었다. '너에게 아주 기대가 커.' 추억을 품은 말이 조금씩 힘을 키웠다. 담임의 생각이 잘못된 것이 아니라는 것을 보여주고 싶었다. 먹어본 자만이 안다는 공부의 맛을 드디어 맛보는가 싶더니, 가을이 넘어갈 무렵에는 태어나서 처음으로 전교 1등이 찍힌 성적표를 받았다. 기대한다는 사람을 실망시킬 수는 없지 않은가.

하지만 2학년이 끝나자 그녀는 학교를 그만두었다. 우리는 첫 번째 제자이자 마지막 제자가 된 셈이다. 처음부터 1년을 계약한 기간제 교사였다는 사실은 그 이후에야 알게 되었다. 매 순간 전념을 다 하고 있다는 느낌의 정체를 알 것 같았다. 닭 쫓던 개처럼 황망했다. 그녀는 퇴직과 동시에 결혼을 했고, 결혼과 동시에 남편의 직장이 있는 미국으로 떠나버렸다. '선생님, 보고 싶었어요~' 코맹맹이 소리를 내며 스승의 날에도 찾아갈 수 없는, 그야말로 완벽한 이별이었다. 도달 불가능하다는 관점에서 미국은 화성이나 해저 2만 리와 다를 바 없는 곳이었다. 그 단호한 결별에 극단의 배신감까지 밀려왔다.

호들갑스럽게 담임을 따랐느냐면 그것도 아니었다. 낯가림이 심해 마음은 말이 되지 못했다. 그저 담임을 욕하는 아이들이 있으면, 아무리 여론이 그쪽으로 쏠려도 끝내 뚱한 표정으로 합류하지 않는 정도가 내가 지킨 최선의 의리였다. 담임은 우리에게 늘 호의적이었지만 그 호의를 공평하게 분배하는 능란함은 부족했기에, 담임의 부산스러운 시도 뒤에는 언제나 소외된 자의 서글픔이 부산물처럼 남곤 했다. 별것 아닌 누락에도 누군가의 마음에 옹이가 맺혔다. 뾰로통한 시샘이 이마의 여드름처럼 항상 몇 개쯤 솟아 있던 나이였다.

하지만 나는 담임의 그 허점들이 좋았다. 어른스럽지 않은 어른이라 마음이 놓였다. 앞뒤 재지 않고 즉흥적인 것이 역시 우리 반 멤버다웠다. 어른들이란 언제라도 돌변해서 화를 내는 사람들이라, 그들과 함께 있으면 나는 늘 조금 불편했다. 우매함도, 허술함도 우리가 의도한 게 아니었는데, 어쩐지 우리는 하루도 빠짐없이 욕을 먹었다. 허점 많은 담임은 조금씩 만만해졌고, 언제부턴가 우리는 그녀가 아무리 소리를 질러도 기분이 1도 상하지 않게 되었다. 그냥 지랄하는 친구 같았다.

"근데 갑자기 미국에서 살면 어떨까? 매일 맛있는 것만 먹을 수 있어 좋으려나?"

미현이 갑자기 담임 얘기를 꺼냈다.

"스테이크 좋아한댔어. 뭐 잘 지내겠지."

희주가 심드렁하게 대답했다.

사랑했고,

"담임이 스테이크 좋아하는지 니가 어떻게 알아?"

듣고만 있던 내가 반박했다.

"담임이 그랬어. 스테이크 좋아한다고. 나랑 민정이랑 미현
이랑 담임까지 넷이서 돈가스나 비후가스 그런 거 먹으러 얼
마나 돌아다녔다구. 맞다. 이건 비밀인데…. 하긴, 이젠 담임도
없으니 그것도 무효지만."

어디서 싸늘한 바람이 불어왔다. 어떤 거부감이 마지막 허
점을 파고들었다.

"그렇게 담임이랑 친하다면서 너네는 방학 때 별장에 왜 안
왔어?"

희주가 갑자기 웃음을 터뜨렸다.

"야, 거기를 어떻게 가냐? 경옥이가 면담 때 담임한테 그랬
대. 태어나서 한 번도 놀러 가 본 적 없다고. 담임이 그 말 듣고
엄청난 충격을 먹은 거지. 그게 그래서 탄생한 이벤트야. 경옥
이랑 비슷해 보이는 애들로 몇 명만 추린 거고. 하루만이라도
근사한 데서 실컷 먹고, 실컷 놀게 해주고 싶다더라. 너네는
부잣집에서 태어난 걸 감사하게 생각하라면서, 담임이 괜히
우리한테 뭐라고 그랬어. 그래서 우리도 맞받아쳤지. 누가 누
구한테 할 소리시냐며…. 그때 담임이 우리한테 몇 번이나 얘
기했는데. 불쌍하다고, 너무 불쌍하다고."

그때나 지금이나,

떡볶이 트라우마 1
– 후방 경계

첫 떡볶이는 학교 앞 문방구였다. 80년대 초등학생들에게 학교 앞 문방구는 그야말로 없는 것 빼고 다 있는 복합 쇼핑몰이었다. 좁은 점포에는 백 종이 넘는 장난감과 천 종이 넘는 불량식품들이 송곳 하나 들어갈 틈 없이 우글우글 진열되었다. '새나라 문방구'는 교문 앞 네 곳 문방구 중 가장 평수가 넓었는데, 주인아줌마는 그 메리트를 활용해 한 구석에서 떡볶이와 핫도그를 팔았다. 아줌마가 네모난 철제 말통에서 쇼트닝을 긁어 튀김 팬에 넣으면, 돼지비계처럼 하얗던 기름이 순식간에 투명하게 변하면서 고소한 냄새가 교문 앞까지 진동했다. 그 냄새에 홀린 꼬맹이들은 하굣길마다 문방구 앞에 줄을 섰다.

그때나 지금이나,

핫도그 옆에서는 떡볶이가 끓었다. 오뎅이나 파가 섞이지 않은 순수한 밀가루 떡볶이였다. 50원을 내면 아줌마가 연두색 플라스틱 접시에 떡 열 개를 담아 주었다. 접시를 받으면 내 눈은 번개처럼 떡볶이 개수부터 확인했다. 대충 담는 것 같았는데, 세어보면 여지없이 딱 열 개.

떡을 입으로 가져갈 때마다 동일한 속도로 접시 위 떡이 사라지는 풍경은 언제나 마음을 황폐하게 했다. 떡이 한두 개 남으면 마무리 작업에 돌입했다. 떡볶이의 긴 몸체를 활용하여 마지막 국물까지 남김없이 훑어 마시는 것이다.

엄마는 아침마다 100원씩 주었다. 일 나간 엄마를 기다리는 하루는 살아도 살아도 쉽게 저물지 않았다. 온종일 먹고 싶은 것은 백 가지도 넘었지만 가진 돈은 백 원뿐이어서 나는 매일 갈등에 시달렸다. 머릿속으로 먹고 싶은 것들을 죽 열거한 뒤 토너먼트로 이상형 배틀을 벌이곤 했다. 떡볶이는 매번 상위권에 랭크되었기에, 일주일에 몇 번씩 나는 문방구 앞을 기웃거렸다.

떡볶이를 먹을 때마다 후방을 경계하는 버릇은 경신이 때문에 생겨났다. 경신이는 은영이의 남동생이다. 은영이는 옆 골목의 친구였는데, 엄마가 일하러 나가서 은영이는 종일 남동생을 달고 다녔다. 친구들과 놀면서도 은영이는 1분에 한 번씩 경신이를 찾느라 두리번거렸다. 잠깐만 방심해도 경신이는 사라졌고, 그때마다 은영이는 놀던 것도 내팽개치고 동생의 이름을 부르며 허둥댔다. 누나의 목소리가 들리면 경신이는 먹던 것을 잽싸게 뒤로 감췄다.

경신이가 입에 물고 있는 것은 주로 땅바닥에 떨어진 쓰레기였다. 부라보콘을 돌려 깐 종이 껍데기, 다 먹고 버린 쮸쮸바 비닐, 빈 오란씨 병… 이런 것들이 경신이의 즐겨찾기였다. 쓰레기는 휴지통에 버려야 한다는 발상이 아직 국민들에게 발아하기 전이었다. 사람들은 찰나의 주저함도 없이 온갖 오물을 거리에 버렸다. 어차피 길에는 휴지통 자체가 별로 없었기에 골목에는 온갖 생활 쓰레기가 넘쳐났다.

경신이가 노리는 것은 그것이었다. 경신이는 종일 구멍가게 앞을 서성대다가 먹을 걸 사 들고 나오는 애들이 보이면 그 뒤를 무작정 따라갔다. 끈질기게 뒤를 미행하다가 껍질이 바닥에 떨어지는 순간 그걸 집어 입에 넣는 것이다. 호빵에서 떼어낸 종이, 남이 빨던 하드 스틱 같은 것은 오래도록 입에 물고 잔향을 음미했다. 소라나 번데기 장사가 다녀간 뒤에는 골목 구석에 나뒹구는 종이컵을 걷어 그 아래 남은 국물을 들이켰다. 언젠가는 핫도그 나무젓가락을 주워 중간에 달라붙은 밀가루를 앞니로 갉아 먹다가 멀리서 달려온 누나한테 발길질을 당한 적도 있었다. 은영은 경신이가 이럴 때마다 찢어지

그때나 지금이나,

게 소리를 지르며 동생의 등짝을 갈겼지만, 어차피 어눌한 경신이는 누나가 아무리 화를 내도 잘 알아듣지 못했다.

아이들이 공터에서 과자라도 먹고 있으면, 그 곁에 딱 달라붙어서 과자와 입을 오고 가는 손동작을 뭐에 홀린 듯 집요하게 쳐다보곤 했다.

하루는 자신의 계란과자 봉지를 쫓아오는 경신을 보고, 영우는 재미있는 놀이를 생각해냈다. 과자 한 개를 제 입에 넣고 곧이어 한 개를 땅바닥에 버리는 것이다. 영우가 과자를 떨구면 경신이 잽싸게 그걸 집어 먹었다. 다시 한 개를 먹고 하나를 버리면 이번에도 경신이가 눈을 부릅뜨고 과자를 집어 올렸다. 경신의 반응에 재미가 들린 영우는 아예 먹는 것도 잊은 채 공터 여기저기로 과자를 던지기 시작했다. 경신이도 영우도 모두 행복해 보였다. 하지만 오래가지는 못했다. 어디선가 은영이 달려와 영우를 밀치고는 이제 막 경신이가 집으려던 노란 과자를 운동화로 밟아 뭉개버린 것이다. 엉덩방아를 찧은 영우가 화가 나 은영에게 성질을 내려는데, 갑자기 경신이 더 큰 소리로 날뛰기 시작했다. 경신은 영우가 아니라 제 누나를 머리로 받아버렸다. 누나를 밀쳐낸 뒤 경신은 누나의 운동화 아래에서 가루로 변한 계란과자를 조심스레 손바닥에 긁어모아서는 제 입에 털어 넣었다. 경신의 집요함에 놀란 아이들이 여기저기서 탄성을 터뜨렸다.

그런 경신이가 계란과자보다 더 좋아한 것이 바로 떡볶이였다. 떡볶이가 생각날 때면 경신은 문방구 앞을 서성거렸다. 애들이 다 먹고 물러나면, 아줌마가 접시를 치우기 전에 뛰어들어와 그릇을 핥는 작전이었다. 하지만 길에 버려진 쓰레기와 달리 떡볶이 접시는 주인이 따로 있었던 터라, 기절할 듯 놀란 아줌마한테 경신은 결국 호되게 얻어터졌다. 경신은 플랜 B를 발동했다. 잠자코 기다리다가 아는 사람이 나타나면 일행인 척 함께 들어와 다짜고짜 같이 먹는 것이다. 나는 경신이가 노리는 그, 아는 사람 중 한 명이었다.

접시를 받자마자 개수를 세느라 옆으로 누가 다가오는 줄도 몰랐던 나는 웬 꼬챙이가 내 떡볶이를 찍어올리는 바람에 소스라치게 놀랐다. 경신이가 어디선가 뿅 하고 나타났던 것. 그 애는 일말의 양해도 없이 내 떡볶이 접시를 비워버렸다. 순식간이었다. 다 먹은 경신이 말도 없이 사라진 후에도 놀라움은 쉽게 가라앉지 않았다. 나는 빈 접시를 바라보며 그만 울고 싶은 기분이 되어버렸다.

그날의 충격 때문에 한동안 떡볶이를 먹으러 가면 뒤쪽을 흘깃거리는 버릇이 생겼다. 경신이가 문 앞에 있으면 오던 길을 되돌아갔다. 들어올 때는 없었는데 갑자기 나타나기도 했다. 급습에는 도무지 적응이 안 되었지만, 떡볶이에 대해서는 모종의 체념이 자라났다. 경신이가 나타나면 담백하게 마음을

그때나 지금이나,

접고, 그쪽으로 접시를 밀어주는 것이다. 소신에게는 아직 다섯 척의 배가… 아니, 나에게는 아직 50원이 남아 있었기 때문이었다. 버려진 하드 껍질을 핥는 것보다 접시의 떡볶이를 집어 먹는 경신이의 모습이 더 보기 좋았던 것도 사실이다.

경신이 덕분에 나는 쫄깃쫄깃한 떡볶이를 먹을 때마다, 내 심장도 덩달아 쫄깃쫄깃해지는 물아일체의 경지에 도달할 수 있었다.

떡볶이 트라우마 2
– 분리불안 말고 속도불안

.

중학생이 되니 떡볶이도 진화를 했다. 전골처럼 끓여 먹는 떡
볶이가 등장한 것이다. 이름만 떡볶이였지, 그것은 문방구 아
줌마가 접시에 덜어주던 그것과는 전혀 다른 음식이었다. 찌
개처럼 국물도 흥건했고, 무엇보다 떡 말고도 들어가는 것들이
많았다. 라면, 쫄면, 만두, 달걀처럼 그 자신만으로도 이미 독립
된 명성을 자랑하는 온갖 식재료들이 '사리'라는 이름으로 떡
볶이와 대승적 협업을 감행했다. 마이클 잭슨과 전설들이 한데
모여 〈위아 더 월드〉를 떼창하는 스케일이라고나 할까.

　집에 가려면 시장통을 거쳐야 했는데, 거기가 바로 우리 동
네 즉석떡볶이의 메카였다. 북적이는 시장 골목 양쪽으로 철
희네, 삐삐네, 영희네, 철호네 등 단체로 같은 작명소에 다녀

　　　　　　　　　그때나 지금이나,

온 것처럼 비슷한 이름의 떡볶이 가게들이 즐비했다. 그중에서 삐삐네와 철희네가 우리의 단골집이었다.

철희네는 넓은 매장 한 귀퉁이에 DJ 박스가 있었다. 거기가면 떡볶이도 먹고, 음악도 듣고, 무엇보다 DJ 오빠의 얼굴을 구경할 수 있었다. 시장은 화개장터처럼 인근 두 여중의 하굣길이 교차하는 지점에서 시작되었기에, 양 학교의 수다쟁이들이 모여 이글거리는 호기심을 경쟁적으로 DJ에게 날려 보냈다. 테이블 위에 놓인 종이에 신청곡을 적어 DJ에게 주면, 오글거리는 몇 마디 멘트와 함께 요청한 최신가요가 흘러나왔다. 그래봤자 주문한 냄비가 테이블에 도착하는 순간 노래고 나발이고 아무것도 들리지 않는다는 것이 함정이지만.

처음에는 DJ에게 집적대는 맛에 철희네를 애용하던 우리들은 DJ 박스가 비어있는 날이 많아지면서 점차 실리를 쫓기 시작했다. 결국 맛이었다. 학창 시절, 누구에게나 영혼을 달래주었던 자신만의 떡볶이 성지가 있기 마련인데, 우리에게 그곳은 삐삐네였다. 삐삐네는 철희네보다 가게도 작았고, DJ 박스도 없었다. 삐삐네의 경쟁력은 맛이었다. 다른 말이 필요 없었다. 그냥 거기가 제일 맛있었다. 겉으로 보기에 색깔도 비슷하고, 들어간 재료도 완벽하게 동일했는데, 신기하게도 맛이 달랐다.

주인아줌마는 〈개구리 왕눈이〉의 투투와 놀라울 정도로 비슷하게 생긴 데다가, 매우 퉁명스러웠다. 하지만 몇 인분을 시키든 주문한 아이들의 몰골을 살핀 뒤 조금 넉넉히 먹을 수 있을 정도로 냄비를 채워주었다. 며느리에게도 알려줄 수 없다는 적갈색 고추장이 영업비밀이겠지만, 정작 내가 그 집에서 제일 반해버린 것은 따로 있었다. 단무지였다.

삐삐네 단무지는 뜨겁고, 맵고, 말랑말랑한 떡볶이와 완벽하게 궁합이 맞았다. 차갑고, 달착지근하면서, 아삭아삭했다. 미술 시간에 배운 색상표에서, 마주 보는 보색끼리 만나 서로의 존재감이 극대화되는 원리와 비슷한 것이었다. 날숨을 헐떡이며 뜨거운 떡볶이를 입에 넣은 뒤 냉큼 단무지를 한두 조각 그 위에 얹으면, 입속에서 둘이 만나 으깨지고 뒤섞이면서 새로운 맛의 요리가 즉석에서 탄생했다. (그래서 이름이 즉석떡볶이일지도!) 스뎅 컵에 파인애플 맛 쿨피스를 따라 입가심까지 하면, 그야말로 천국의 근처까지 도달하는 열락을 경험할 수 있었다.

하지만 주머니 사정이 열악한 중학생들에게 즉석떡볶이는 사치스러운 음식이었다. 매일 먹어도 질리지 않았지만, 매일 먹기에는 용돈이 모자랐다. 자금이 마련된다고 다가 아니었다. 혼자 먹을 수도 없고 포장도 불가능하니, 먹고 싶은 날에는 회식처럼 참여자들의 들뜬 마음을 모아야 했다. 커다란 냄비에 내 몫과 네 몫의 재료를 한데 섞고, 염치를 지키며 우정을 나누는, 즉석 떡볶이는 그런 축제의 음식이었다. 그 흥겨운 잔치에 등장한 무뢰한이 있었으니 바로 미광이였다.

떡볶이를 좋아했던 미광이 '삐삐네 한 번 뜨자'며 아이들을 들쑤셨다. 나는 미광과 친한 사이가 아니었는데, 어쩌다 보니 집 가는 방향이 같아서 엮였다. 그날의 충격은 아직도 잊을 수가 없다. 그녀에게는 남들은 갖지 못한 어마어마한 능력이 있었다. 미광은 남들보다 세 배 많은 음식을, 보통 사람의 세 배 속도로 삼킬 수 있는 가공할 능력의 보유자였다! 엑스맨들을 배출한 초능력 학교가 자기 모교라 해도 믿을 지경이었다.

한 테이블의 정원은 네 명. 그날 우리는 떡볶이 4인분과 라면 사리 두 개, 만두 네 개, 달걀 네 개를 주문했다. 제일 큰 냄비가 버너 위에 올라갔다. 국물 끓는 소리가 들리자 뱃속의 소화액이 벌써부터 발사를 준비했다. 그 순간, 미광이 젓가락을 들었다. 아직 아무것도 익지 않았는데, 기습이었다. 그러고는 모든 것이 끝나버렸다.

떡이 말캉해졌는지 젓가락으로 한번 찔러보고는 민주가 1분만 더 기다리자고까지 했는데, 그 사이 미광이 한 냄비의 떡볶이를 모조리 마셔버렸던 것이다. 사람들이 왜 인간의 음식 섭취 양상을 묘사하기 위해 기상 현상을 들먹였는지 대번에 공감할 수 있는 장면이었다. 폭풍흡입.

　나머지 셋은 보고도 믿을 수 없는 광경에 빈 냄비만 국자로 이리저리 뒤적였다. 다른 건 그렇다 쳐도, 네 개를 주문한 달걀과 만두는 (사회적 통념에 입각했을 때) 적어도 개인의 권리가 보장되어야 하는 것 아닌가. 허기진 위 세포가 피켓을 들고 항의했다. 하지만 미광은 우리의 안일함을 비웃듯 첫 젓가락을 꽂는 그 순간 이미 달걀과 만두부터 박살 내 원형을 알 수 없게 국물에 섞어버렸다. 그리고 모든 것은 터보 단추를 누른 진공청소기처럼 미광의 뱃속으로 빨려 들어갔다.

　"어떡하지? 더 먹을까?"

　나머지 셋은 떨떠름하게 의견을 물었다. 먹은 게 없으니 '더' 먹는다는 것은 틀린 말이었다. 미광은 '나는 됐다'며 반대표를 던졌다. 다수결에 따라 우물쭈물 추가 주문을 넣었다. 다시 새 냄비가 도착하자, 자기는 괜찮다던 미광이 이번에도 출동했다. 아무리 우리가 위기감에 몸을 떨며 젓가락질에 속도를 내봤자 어림도 없는 싸움이었다. 메뚜기떼가 휩쓸고 지나간 밀밭처럼 냄비는 곧 바닥을 드러냈다. 떡볶이 대신 분노와 허탈이 내장을 채웠다.

　계산할 시점이 되자 미광은 자신은 분명 추가 주문에는 반대표를 던졌기에, 1인분 값을 내는 것이 맞다면서 똑 부러지는 계산을 마치고 지갑에서 동전을 꺼냈다. 머릿속에서 지킬

그때나 지금이나.

과 하이드가 멱살을 잡고 싸우기 시작했다.

'이건 아니지. 따져.'

'치사하게 어떻게 그래… 행여 꽁한 표정이나 들키지 마.'

'이건 염치의 문제야. 매너의 문젠가? 아냐, 이건 양심과 인권과 인의예지 모두에 해당돼.'

'엄밀히 말해 미광이 룰을 어긴 건 아니잖아. 다 같이 알아서 먹는 시스템이니까.'

'룰이 뭔데? 룰은 1인분만 먹는 거야. 그걸 알라고 수학 시간에 근삿값이나 분수에 대해서도 배우는 거라고.'

'니가 아주 쪼잔함의 끝을 드러내는구나. 몰라 몰라. 암튼 먹는 거 갖고 그러는 거 아냐.'

'아아, 아임 스틸 헝그리~~.'

그날의 **외상**은 이후 극심한 **스트레스**로 인한 심리적 **장애**를 남겼다. 다른 음식은 안 그런데, 유독 즉석떡볶이가 눈앞에서 끓고 있으면 서서히 호흡이 가빠지고, 손바닥에 땀이 차면서, 나도 모르게 운동화 끈이라도 조이고 싶어지는 것이다.

별이 빛나는 밤에

적당히 늦은 오후, 어김없이 그가 나타났다. 똥색 잠바에, 똥색 바지, 위아래 똥똥 패션에 깔맞춤의 진수를 보여주는 커다란 모자와 가방까지, 그의 모습은 멀리서도 눈에 띄었다. 골목에서 흙장난을 하던 꼬맹이들도 그의 등장에 벌떡 일어나 배꼽 인사를 했다.

"아저씨 아저씨 우체부 아저씨 큰 가방 메고서 어디 가세요… 시집간 언니가 내일 온대요."

아이들은 무조건 그를 반겼다. 익숙한 동요 덕분에 아이들은 집배원의 큰 가방에는 늘 반가운 소식이 한가득 담겨 있다고 상상했다.

청구서나 명세서 같은 공적 문서들이 우편함을 꽉 채우고

그때나 지금이나,

있는 요즘과 다르게, 그 당시 우체부가 집집마다 실어 나른 것은 주로 개인적인 서신이었다. 골목에서 놀다가도 그가 나타나면 나는 냉큼 일어나 대문 우편함에 꽂힌 우편물을 확인하곤 했다. 편지 봉투에 적힌 발신자와 수신자의 이름을 훑고, 엽서는 뒤집어서 일일이 내용도 확인했다.

초등학교 시절, 내가 정기적으로 구독하던 우편물은 부산에서 날아온 이혜자의 엽서였다. 이혜자는 엄마의 어릴 적 고향 친구다. 혜자 씨는 결혼과 동시에 남편을 따라 부산으로 내려갔고, 그 이후 엄마와는 한 번도 만난 적이 없다고 했다. 그녀의 엽서는 한 달에 한 번 정도 도착했는데, 그 엽서를 제일 먼저 읽는 사람은 엄마가 아니라 골목 앞을 뒹굴며 놀던 나였다. 몇 년을 한결같이 엽서를 보내오는 걸 보면 정말로 친구가 그리운가 보다 생각했는데, 막상 뒷면의 내용을 읽다 보면 조금 어리둥절해졌다.

"보고 싶은 순아, 잘 지내니? 여기는 바람이 분다. 추운 줄 알고 두꺼운 옷을 입고 바닷가에 나갔는데, 어느새 봄바람이 불고 있구나. 보고 싶은 순아, 잘 지내렴."

"보고 싶은 순아, 봄인 줄 알고 바닷가에 나갔는데, 어느덧 여름 햇살이 따가워 깜짝 놀랐다. 보고 싶은 순아, 그럼 잘 지내렴."

"보고 싶은 순아, 여름인 줄 알고… 벌써 가을이….”

전형적인 수미쌍관식 구성에다가, 사계절이 꼬리를 물고 반복되는 무한루프 같은 서신이었다. 편지쓰기 교본 같은 책이 있다면, '날씨 얘기로 시작하는 도입' 챕터의 샘플로 쓰일 법한 문장이었다. 어린 나이에도 어리둥절했던 이유는 아직 본론이 시작되지도 않았는데, '그럼 안녕'으로 거침없이 도약하는 과감한 전개 방식 때문이었다. 아무리 들여다보아도 노란 관제엽서가 담고 있는 문장은 거기까지였다. 필체는 삐뚤삐뚤했고, 글자 크기는 15포인트. 더 담고 싶은 말이 있더라도 이미 여백은 없었다.

고작 이런 말을 뭣 때문에 굳이 비싼 우표까지 낭비하면서 줄기차게 보내는 걸까. 남의 편지를 훔쳐 읽는 자가 할 말은 아니지만, 조금 한심하기까지 했다. 저녁에 집에 돌아온 엄마도 엽서를 5초 정도 쓱 훑어보고는, "혜자도 참…" 그러고는 끝이었다. 고단한 엄마가 답장을 쓰는 일은 1년에 한두 번 될까 말까였지만, 혜자 씨는 그러거나 말거나 공갈빵처럼 허탈한 엽서를 지치지도 않고 보내왔다.

엄마 말고도 우리집에 편지 수신자들은 많았다. 미혼의 고모가 넷이었다. 그들에게도 혜자 씨처럼 친한 벗들이 있었다. 매일 누군가에게 편지나 엽서가 도착했고, 또 그 숫자만큼 답장이 탄생했다. 고모들은 수시로 구멍가게에서 우표나 엽서를 사 오라며 내게 심부름을 보냈다. 빈 엽서와 우표를 사다 주면, 이번에는 써놓은 편지를 우체통에 넣고 오라는 두 번째 오더를 내렸다. 우체부 아저씨와 나는 2인 1조의 메신저였던 셈이다.

중학교 1학년 겨울방학. 여느 때처럼 대문 틈으로 한 다발의 편지가 쑥 들어왔다. 놀랍게도 거기, 나에게 온 엽서가 있었다. 앞면에 우체국 소인이 찍힌 정식 우편물이었다. 딱지 모양으로 접어 야매로 주고받던 쪽지가 아니라, 국가기관의 공인을 거쳐 내 손에 도달한 최초의 서신이었다. 갑자기 가슴이 쿵쾅거렸다. 발신자는 같은 반 친구. 방학이라 안부를 전하는 것이고, 숙제는 많이 했는지 궁금하며, 개학하면 반갑게 보자는 것이 용건이었다.

진정이 되지 않았다. 친한 단짝도 아니었는데, 그 애는 어쩌자고 이토록 은밀한 편지를 보낸 것일까. 엽서를 주머니에 넣고 다니며 하루 종일 몇 번이나 꺼내 읽었다. 엽서 앞면의 우표디자인과 보랏빛 소인도 더듬어 보았다. 혜자 씨의 엽서를 수십 장 받았으면서도, 관제엽서를 이렇게 자세하게 관찰하는 것은 처음이었다.

어떻게 답장을 써야 하나. 크리스마스도 아니고, 생일도 아닌데… 특별한 주제가 없는 날에는 친구에게 어떤 말로 인사를 시작하나 난감했다. 꼬박 하루를 고민하고 나서 마침내 고모 방에서 새 엽서를 하나 빼돌려서는 방바닥에 엎드려 글짓기를 시작했다. 받은 엽서의 무지개 반사 정도의 내용이었다.

'너도 잘 지내니? 나는 아직 숙제가 많이 남았는데, 너는 어떠니? 개학하면 반갑게 만나자.'

개학을 하고 보니 친구의 엽서를 받은 사람은 나 하나가 아니었다. 다른 아이들보다 조금 먼저 사춘기에 돌입한 그 친구는 종일 누군가에게 편지를 썼다. 자음의 각을 동글동글하게 굴리고, 이응을 유달리 크게 키운 귀여운 글씨체가 빈 종이를 채웠다. 그 애는 편지지를 접어 봉투에 넣고, 주소를 적고, 침을 묻혀 우표를 붙이고, 텅— 소리를 내며 편지가 우체통에 떨어지기까지의 그 모든 과정을 좋아했다. 글로 연결되는 그 성숙하고 내밀한 세계에 눈을 뜬 것이다. 그녀가 첫 삽을 뜨는 바람에, 이 색다른 네트워크는 들불처럼 우리 사이에 번져갔다. 가입 인사를 신호탄으로 본격적인 맞팔이 여기저기서 뚫리기 시작한 것이다.

마음에 드는 이성의 번호를 따듯, 아이들은 서로의 주소를 물었다. 문방구에서 특별히 '주소록'이 두툼한 수첩을 골라, 소중한 보물이기라도 한 듯 그것을 옮겨 적기도 했다. 유행은 변이와 진화를 수반하는 것이 속성이기에, 도구도 나날이 발전했다. 그전까지는 눈에 보이지도 않았던 꽃편지지에 관심이 폭발했다. 문방구에서는 꽃편지지 세트라는 카테고리의 상품들이 한쪽 벽면을 차지한 채 절찬리 판매 중이었다. 고모 방에서 열악한 관제엽서를 빼돌리는 짓은 곧 그만두었다. 사무적 폰트에 촌스럽게 우표까지 박아서 인쇄된 단색의 엽서는 하루에도 열두 번 색깔을 바꾸는 이 변덕스러운 마음을 담기에 적합한 도구가 아니었다. 질감도, 크기도, 디자인도 다른 편지지를 눈앞에 펼쳐두면, 이미 마음에 촉촉한 바람이 불었다.

2학년. 체육 시간에 체육 선생이 체육부장에게 노래를 시켰다. 씩씩한 표정으로 뛰어나온 체육부장은 갑자기 아련한 눈빛으로 돌변하더니 한 번도 들어본 적 없는 노래를 불렀다.

"세월이 흘러가면 어디로 가는지, 나는 아직 모르잖아요. 그대 내 곁에 있어요. 떠나가지 말아요. 나는 아직 그대 사랑해요."

어… 이게 뭐지? 화창한 운동장에 슬픔의 비가 내렸다. 15년 인생에서 처음 겪는 감수성의 빅뱅. 노래 하나에 마음이 대책 없이 싱숭생숭해졌다. 체육부장이 음치였다면 조금 달랐을까. 하필 가무에 능했던 그 애는 음정과 박자는 물론 노래의 처연한 감성을 담아내는 데도 능란했다. 물기 그렁그렁한 눈빛의 표현력까지 더해져, 그 노래는 막다른 골목까지 나를 몰아붙이고는 단숨에 내 마음을 강탈해버렸다.

어딜 가야 그 노래를 다시 들을 수 있나. 텔레비전은 원하는 가수의 출연을 보장해주지 않는 랜덤박스였고, 콘서트라는 단어가 이 세상에 존재하는 줄도 모르던 시절이었다. 하굣길에 나는 큰길로 달려갔다. 일단 노래 테이프부터 확보해야 한다. 이.문.세. 그날이 입덕 첫날인 셈이었다. 이미 이문세 3집은 리어카 앞줄을 차지하고 있는 히트 상품이었다.

"아이씨, 이문세 너무 좋아. 도대체 어디 가야 만날 수 있는 거야?"

해적판 테이프가 늘어지도록 들어도 갈증은 해소되지 않았다. 노래보다 가수에 더 열광하는 나이였으니까.

"그럼 별밤을 들어. 빙신아."

친구의 상냥한 조언에 개안을 한 듯 충격이 밀려왔다.

"별밤이 대체 뭐야?"

우리집에서 라디오는 할아버지의 매체였다. 평안도가 고향인 할아버지는 밤마다 잠들기 전까지 머리맡에 라디오를 켜놓았다. 머나먼 이국에서 고국을 그리워하는 동포들의 사연을 소개하는 방송이었다. 엽서를 읽어주는 DJ의 목소리에는 늘 공손한 연민이 서려 있었다. 아무리 갈망해도 도달할 수 없는 곳. 그들이 유폐된 흑룡강성, 길림성, 사할린은 어쩐지 까마득한 전설의 땅을 연상하게 만드는 이름이어서, 할아버지가 라디오를 켜면 활강하는 검은 숲의 용이 떠올라 마음이 늘 뒤숭

그때나 지금이나,

숭해졌다.

그런데 그 라디오 속에 이문세가 있었다니. 라디오라면 우리 방에도 하나 더 있었다. 엄마가 떼인 돈 대신 어딘가에서 받아온 카세트 플레이어. 종일 이문세 테이프를 돌리면서도, 그 기계가 라디오의 기능을 겸하고 있다는 사실은 알아채지 못했다. 자세히 살펴보니, 한쪽 구석에 얌전하게 접힌 안테나의 둥근 머리가 솜씨를 감춘 고수처럼 겸손하게 숨어 있었다.

방바닥에 엎드려 설레는 마음으로 주파수를 맞춘다. FM 95.9 MHz. 이불을 뒤집어쓰고 그의 목소리를 기다린다. 언제든 좋아하는 노래가 나오면 녹음할 수 있게 공테이프도 준비해놓는다. 이윽고 띠링~ 띠링~ 띠링~으로밖에 따라 부를 수 없는 주제곡이 흐른다. 그 소리는 파도처럼 넘실넘실 가슴에 파고든다. 오늘 밤 같이 있어 달라고, 같이 있어 달라고 조르는 것 같다. 노래에 취할 무렵 드디어 기다리던 DJ가 등장한다.

"별이. 빛나는. 밤에."

온몸에 전율이 흐른다. 그의 목소리는 너무 다정해서, 꼭 나에게만 속삭이는 것 같다. 그의 목소리와 그가 들려주는 노래에 빠져 이제 두 시간은 온전히 행복할 수 있겠다. 깊은 밤, 누군가의 사연을 읽어주는 그의 목소리는 어찌나 친절한지, 내일도 아닌데 매번 감동이 밀려왔다. 이문세는 그때 내가 아는 사람 중 가장 유머러스했다. 나는 그의 유머를 사랑했다. 토요

일 저녁마다 '유머일번지'를 본방사수하고, 최양락의 '나는 봉
이야', 김형곤의 '잘 돼야 될 텐데'를 따라 하면서도, 그건 제
목만 〈유머일번지〉일뿐 진짜 유머는 이문세가 제일이라 자부
했다. 이문세의 위트야말로 카피가 불가능한 고도의 정신작용
이라며 홀로 가치의 차등을 두었다.

　어떻게 그 순간에 저렇게 재치 있고 세련된 말을 떠올릴 수
있을까? 놀라운 사람이었다. 그는 매일 밤 빛나는 별처럼 나
를 찾아왔다. 억울한 일이 많은 나이였는데, 그의 목소리를 듣
다 보면 슬며시 마음이 풀어졌다. 늦도록 엄마가 돌아오지 않
고, 불안해진 동생이 유달리 징징거리는 밤에는 텔레비전도
아닌데 굳이 라디오를 들여다보며 소리를 들었다. 우리는 그
와 함께 밤이 깊도록 키득거리며 엄마를 기다렸다.

　하지만 그는 너무 멀리 있었다. 별이 아득히 멀듯이.

　라디오를 켜놓고 친구에게 엽서를 쓰다가 불현듯 놀라운
발상이 떠올랐다. 왜 이 생각을 못 했지? 다른 사람의 사연을
읽는 목소리도 이렇게 좋은데, 심지어 그 목소리로 나의 이야
기를 읽어준다면 얼마나 더 황홀할까. 그건 진짜 나에게만 들
려주는 이야기가 아닌가. 가슴이 뛰기 시작했다.

　하지만 사연이라니, 나에게 그런 것이 있을 턱이 없다. 사연
있는 여자, 숨겨둔 사연, 슬픈 사연… 사연이라는 것은 말 그

　　　　　　　　　　　　그때나 지금이나,

대로 기승전결을 갖추고 기막힌 우여곡절을 풀어내는 한 편의 완결된 서사이기에, 막상 쓰려고 하니 대단히 막막했다. 다른 사람들의 사연을 작정하고 들어보니 그것들은 죄다 훌륭해 보였다. 문장도 매끄럽고 내용도 반전이 있어서, 재미와 감동이 찰떡처럼 쫀쫀했다. 나로 말하자면 매일 엽서를 쓰고 있다지만, 그건 내용보다 수발신행위 자체가 더 중요한 소셜 네트워킹의 일종이었을 뿐이었다.

고민이 시작되었다. 뭐라고 쓰지? 학생이라 공부하는 게 너무 피곤하다고 불쌍한 척할까? 피곤할 정도로 공부를 해본 적이 없으니 그건 사기다. 흔한 레퍼토리로 짝사랑에 빠졌다고 할까? 하지만 현재 내 짝사랑의 대상은 이문세였기에 차마 당사자에게 대놓고 고백을 하는 낯부끄러운 짓은 할 수 없었다. 친구나 가족의 생일이니 축하해달라는 식상한 엽서는 차라리 보내지 않느니만 못했다. 그래, 학교에서 있었던 웃긴 일을 보내면 다 같이 빵 터질 수 있을 거야. 아이디어는 좋았는데 아무리 생각해봐도 죄다 당사자만 즐거운 일들뿐이었다.

결국 나는 엽서라는 것은 내용이 아니라, 보내는 정성 그 자체가 더 귀하다는 구차한 엽서 철학을 실천하기로 했다. 그냥 보내는 것이다. 그를 좋아하니까. 내용은 아무거나 상관없다.

"오늘 내 친구 시영이가 엄마한테 개겼어요. 앞으로 죽을 때까지 엄마랑 말을 안 할 거라고 선언했는데, 시영이를 응원하는 뜻으로 노래 한 곡 틀어주세요."

"수미가 수학 선생님을 사랑하는데, 진영이도 수학 선생님을 사랑해요. 문제는 민정이도 수학 선생님을 사랑한다는 점이에요. 더 큰 문제는 걔네들 모두 수학을 지지리도 못한다는 것이지요. 이 문제를 해결할 수 있도록 응원의 노래 한 곡 틀어주세요."

"왜 별로 먹는 것도 없는데, 계속 살이 찌는지 혹시 이유를 아세요? 신청곡은 '난 아직 모르잖아요'입니다."

그의 목소리가 나의 글을 읽는다면 얼마나 행복할까. '텔레비전에 내가 나왔으면 정말 좋겠네'의 라디오 버전.

하지만 그는 응답하지 않았다. 몇 번이나 보냈지만 답은 없었다. 설마 다섯 번에 한 번쯤은 방송을 타지 않겠냐고 생각했던 내 예측이 얼마나 나이브한 것이었는지 실감했다. 뭐든 결과보다 시도가 더 의미 있는 것이라는 공교육의 가르침을 떠올리며 스스로를 억지 위로하다가 마침내 용단을 내리기로 했다. 마지막으로 한 번만 더 도전해보고, 이번에도 실패한다면 이 덧없는 기획을 그만 멈추기로 한 것이다.

보통 드라마나 소설에서는 주인공이 이런 결심을 하면, 꼭 그 마지막 도전이 성공으로 이어지면서 '포기하려는 마음은 성공 직전에 깃드는 법이니, 어떤 것이든 끝까지 물고 늘어지라'는 얄궂은 인생의 철리를 관객에게 던져주는 경우가 많다.

그때나 지금이나,

나의 노림수가 바로 그거였다. 엽서를 쓰면서도 '이번이 마지막이야', 우체통에 넣으면서도 '이번이 마지막이야', 종이에 주문을 걸듯 중얼거렸다. 그리고 그것이 진짜 마지막이었다.

MBC 라디오가 주체하는 예쁜엽서 전시회에 가보고 나서야 나는 내 엽서가 그동안 왜 뽑히지 못했는지 깨닫고는 곧바로 겸손해졌다. 장소는 여의도 백화점. 고작 엽서를 보겠다고 사방에서 모인 사람들이 장사진을 이루고 있었다. 손바닥만한 엽서 한 장에 전국의 미술천재들이 예술혼을 하얗게 불태웠다. 애당초 나 같은 똥손이 낄 자리가 아니었다.

구름처럼 몰려든 사람들과 한 덩이가 되어 움직였다. 코딱지만 한 엽서에 모르는 사람들과 함께 머리를 처박고 있다가, 리어카에 실린 수박들처럼 다음 엽서로 우르르 굴러가는 방식의 관람이었다. 하도 정신이 없어서 뭘 봤는지 생각도 나지 않았다. 우리나라에 엽서를 좋아하는 사람이 이토록 많았다는 통계적 정보가, 이 전시회로 얻은 가장 큰 소득이었다. 그날 이후 엽서의 수신자는 다시 친구들로 복귀했다. 골방에서 끄적일 때는 몰랐는데, 알고 보니 엽서는 생각보다 핫한 시대의 아이콘이었던 것이다.

그때는 아침부터 저녁까지 줄창 붙어있다가도 집에 가면

다시 친구가 그리웠다. 그런 밤에는 책상에 앉아 라디오를 켜놓고 친구들에게 엽서를 썼다. 다음날이면 학교에서 금세 또 만날 거면서 뭘 그렇게 할 말이 많았는지 모르겠다. 등굣길에 우체통에 엽서를 들이밀고는 학교에서 친구한테 '방금 엽서를 보냈으니 잘 받으라'는 배송출발 메시지까지 구두로 전달했다.

친해서 엽서를 보낸 친구도 있었지만, 반대로 편지를 주고받다가 절친이 된 아이도 있었다. 그런 친구들과의 추억은 함께 논 기억보다 한 박스의 편지로 남아 있다. 커다란 상자 가득 들어찬 형형색색의 꽃편지들.

다시 읽어보아도 별 내용은 없다.

사소한 일상.

대책 없이 일렁이던 가슴의 파문.

완벽한 공감.

이제는 복원 불가능한 고순도의 우정….

· · ·

손주에게 카톡을 배운 뒤로, 엄마는 지인들에게 톡을 보내는 재미에 빠져 있다. 엄마의 폰에 지하철 앱을 깔아주고 있던 어느 날, 카톡이 울린다.

그때나 지금이나,

"순아 잘 지내니? 부산은 지금 가을이 오고 있다. 나는 관절염 때문에 요즘 고생이다. 아프지 말고 잘 지내라."

엄마의 톡 친구 혜자 씨였다.

'혜자도 참….'

내 친구라도 되는 양 나는 되뇌어보았다.

못난이 콤플렉스

이생망.

그때, 외모에 관한 한 우리는 비슷비슷한 패배주의에 빠져 있었다. 왜 나는 이렇게 태어났을까. 하필이면 이런 패를 뽑아 가지고는 평생 못난이의 가시밭 삶을 살아야 하는가. 망했다. 이번 생은.

우리는 위로를 품앗이했다.

"야! 너 정도면 괜찮지. 난 이게 뭐냐."

"뭔 소리야, 내가 너라면 걱정도 안 한다."

너 정도면 걱정이 없겠다면서도 친구한테 딱 맞는 별명은 귀신같이도 찾아냈다. 비짜루, 하마, 대갈공주, 버펄로, 불타는 고구마…. 별명을 붙인 자와 너 정도면 괜찮다고 등을 두드린

자는 대부분 동일 인물이었다. 별명을 부르는 사람은 애칭이라고 우겼지만, 당사자들은 자신의 치부를 극대화한 동물이나 사물이 자신의 정체성을 대표하는 닉네임으로 퍼져가는 모습에 좌절했다.

미옥의 콤플렉스는 목소리였다. 남들보다 한 옥타브 정도 높은 음색이었는데, 말투가 근엄했고, 기본 성량이 컸다. 조금만 흥분하면 버르장머리 없는 후궁 때문에 뚜껑이 열린 중전 마마 목소리가 튀어나왔다. 쩌렁쩌렁한 목소리가 교실 벽에 부딪히면, 목욕탕도 아닌데 에코까지 울렸다. 그럴 때마다 애들은 앗, 깜짝이야 하면서 미옥을 쳐다보았다.

패션 취향도 목소리와 콤비를 이뤄 단연 고지식했다. 첫 단추부터 야무지게 채운 셔츠, 부들부들하고 품이 넓은 기지 바지, 풍신한 모직 점퍼⋯. 한창 조다쉬 블랙진과 써지오 바렌테 스트라이프 청바지가 아이들의 마음을 사로잡던 시절이었다.

하여 미옥의 별명은 '엄마'였다. 열네 살 소녀에게 엄마라니, 얼마나 가당치도 않은 네이밍인지. 어른의 말이라면 묻지도 따지지도 않고 일단 삐딱선에 올라타고 보던 그때, 인생을 통틀어 엄마 말을 제일로 안 들어 X먹는 사춘기에 하필 별명이 엄마라니! 하지만 다른 대안을 떠올릴 수 없을 정도로 그 별명은 미옥과 찰떡처럼 어울렸고, 목소리와 달리 착하고 순했던 미옥도 제 별명을 그다지 싫어하는 눈치는 아니었다.

말의 힘은 무서워서, 미옥을 엄마라 부르면서 미옥에 대한 우리의 태도도 달라졌다. 미옥이 진짜 엄마라도 되는 것처럼 군 것이다. 미옥의 물건 중에 마음에 드는 것이 있으면, 아이들의 입에서는 자연스럽게 '이거 나 줘'가 나왔다. 이 세상 모든 딸년들의 가슴에 공통으로 내재된 '엄마 꺼는 내 꺼'라는 신념의 발현이었다. 힘들거나 곤란한 일이 생겨도 미옥을 찾았다. 무거운 물건을 옮기거나 더러운 것을 처리해야 할 때, 아이들은 힐끗 미옥을 바라보았다. 미옥은 엄마니까. 밥상머리에서 맛있는 반찬은 자식들 앞으로 슬그머니 밀어내는 사람이 엄마들이니까.

어느 날인가는 미옥의 짝꿍이 호들갑을 떨며 반 애들을 불러 모았다. 미옥의 필통에서 키티 스티커를 발견했던 것이다.

"세상에 이거 미옥이 꺼야."

짝꿍은 미옥의 필통에서 온갖 포즈를 취하는 키티를 끄집어내며 세상 제일 재밌는 광경을 목격한 듯 깔깔거렸다. 책상 위로 줄줄이 등장하는 깜찍한 고양이 때문에 아이들의 얼굴에 곧 터질 것 같은 웃음이 고였다. 열네 살이면 한창 캐릭터를 좋아할 나이였다. 주영이는 쉬는 시간마다 연습장에 〈미스터 블랙〉이나 〈아뉴스데이〉 같은 황미나 만화 주인공을 그렸다. 모래요정 바람돌이를 사랑했던 진주는 걸핏하면 아이들

그때나 지금이나,

에게 '카피카피룸룸'을 외쳤다. 심지어 우리 반에는 키티를 사랑하는 아이가 한 명 더 있었다. 앞줄의 유미도 키티 마니아였다. 유미는 직접 그린 키티를 오려서 하드보드지에 붙이고는 그 위에 아스테이지를 덮어 수제 필통을 만들기까지 했다. 당연한 말이지만 유미와 미옥이는 완벽한 동갑이다. 유미의 키티는 깜찍했는데, 미옥의 키티는 어쩐지 주책스러웠다. 미옥의 또 다른 콤플렉스는 노안이었다.

미옥의 노안처럼 대중의 공감대를 얻은 것도 있었지만, 대부분의 콤플렉스는 남들은 모르는 혼자만의 뜨락에서 싹을 틔웠다. 그 후미진 응달에는 오직 나만을 비추는 거울이 걸렸다. 팩폭 마녀가 거주하는 거울. 거울은 제 앞에 선 자에게 수시로 속삭였다.

"너 눈이 왜 이렇게 작아?"

"설마 그거 다 주근깨야?"

"허벅지만 보면 영락없는 씨름선수구나."

"넌 송곳니가 그 모양이니 드라큘라가 여동생 하자고 하겠다."

"니 얼굴을 보면 코 밑에 그 점밖에 안 보여."

"혹시 이다음에라도 오토바이는 타지마, 맞는 헬멧을 찾기는 힘들 것 같아."

"이거이거 여드름 어쩔!"

매일 아침 거울 앞에 서면 팩폭 마녀는 가장 감추고 싶은 곳만 골라서 스포트라이트를 쏘아주었다.

명아는 하체가 불만이었다. 마르고 여리여리한 상체와 달리, 골반이 크고 살집이 붙은 하체가 명아는 늘 못마땅했다. 다른 아이들은 명아의 가녀린 팔뚝을 부러워했지만, 명아의 눈에는 제 튼실한 엉덩이만 들어왔다. 정신 건강을 위해 잊으려 해도, 매일 붙어 다니는 단짝 연숙이 때문에 그것도 어려웠다. 연숙이는 반에서 제일 키가 컸다. 장래 희망이 모델이라고 말한대도 아무도 비웃지 못할 몸매였다. 명아의 거울은 종종 매직쇼를 보여주었다. 거울이 짧고 굵은 명아의 다리를 세로로 쭉 잡아 늘이자, 어느새 연숙의 하체로 변신하는 깜짝쇼.

연숙의 거울은 푸석한 머리카락에 꽂혔다. 연숙의 머리카락은 기름기가 전혀 없고, 오래 입은 양복처럼 색이 바랬다. 마치 거미줄을 둘둘 말아 머리에 얹은 것처럼 보였다. 아이들은 연숙을 비짜루라 불렀다. 큰 키를 반영하여 싸리비라고 부르는 아이들도 있었다. 은아는 클레오파트라처럼 생머리가 찰랑거렸는데, 점심시간에 은아가 엎드려 잠이 들면 연숙이 촘촘한 빗으로 은아의 머리를 빗겨주곤 했다.

은아의 고민은 종아리에 박힌 알통이었다. 여고생 다리가

그때나 지금이나,

씨름선수 이만기의 종아리를 닮았다. 더운 날에도 절대 반바지를 입지 않았다. 은아의 짝꿍 종아는 좌우상하 제멋대로 꼬불거리는 앞머리와 싸우다 지친 나머지, 차라리 삭발을 해서 자기를 약 올리는 앞머리에 복수를 하겠노라고 씨근덕거렸다. 종아와 이웃에 살던 미선이는 둘째 발가락이 유난히 길어 샌들을 신지 못했다.

나로 말하자면, 어느 한 군데만 지목할 수 있는 여유가 차라리 부러웠다. 영화 평점 방식으로 요약하면, 별 다섯 개 만점에 별 하나. 종합 평은 그냥 간결하게 '못생겼다' 되시겠다.

학년이 올라가면서 외모에 대한 고민은 새로운 국면으로 접어들었다. 날이 갈수록 눈사람이나 텔레토비와 닮아가는 몸매가 원인이었다. 자고 일어나면 체중이 인생 기록을 경신했고, 엉덩이, 허벅지, 팔뚝처럼 옷맵시와 직접적으로 연관된 부위만을 골라 지능적으로 지방이 이주했다.

도시락을 먹고 그것과 필적할 만한 양의 간식까지 산뜻하게 해치우고 나서, 우리는 부른 배를 두드리며 다이어트를 결심했다. 언제까지나 이렇게 살 수는 없지 않아? 하지만 배부를 때는 모든 조건을 수용할 것처럼 협조적이던 식탐 마귀가 몇 시간만 지나고 나면 계약서를 찢으며 난동을 부리는 바람에 결심은 번번이 무산되었다.

그 와중에도 순정만화 여주인공이 납신 것 같은 비현실적 외모의 재수떼기들은 존재했다. 전교에 몇 명 되지는 않았지만 그 희소성 때문에 그들의 행운은 멀리서도 스스로 빛을 뿜었다. 중고생이 화장을 한다는 것은 상상으로도 불가능하던 시절이었다. 그러니 그들은 처음부터 그냥 그렇게 태어난 것이었다. 인형의 얼굴로 탄생하여 역변을 모른 채 위아래로만 자라난 이기주의자들. 인류의 평화와 질서를 파괴하는 그런 것들이 교실에 나타나 큰 소리로 '기준!'을 외치면, 나머지들은 그 외모를 기준으로 격렬하게 제 몸을 견주다가, 마침내 슬픔, 원망, 탄식, 좌절 등속의 다크한 감성에 휘말려 장렬하게 산화했다.

하지만 우리가 누구인가. 포화가 쓸고 간 전쟁터에서 한강의 기적을 일궈낸 불굴의 한민족이 아닌가. 아침마다 거울이 들려주는 비관의 노래를 BGM 삼아, 아이들은 새로운 희망의 민들레를 꽃 피웠다. 조잡스럽지만 뭐라도 해보는 것이다.

스카치테이프를 칼로 잘라 눈에 붙이면 감쪽같이 쌍꺼풀이 생겨나면서 갑자기 눈이 두 배로 커졌다. 커진 눈만큼 행복도 두 배로 밀려왔다. 테이프 끝단이 자꾸 눈을 찔러 따가웠지만 아랑곳하지 않았다. 이 짓을 백일 동안 계속하면 눈꺼풀도 원래의 자기를 잃고 체념하듯 쌍꺼풀을 헌납하리라 믿으며, 그들은 테이프 붙인 부담스러운 눈으로 뻔뻔하게 거리를 활보

했다. 아무리 눈꺼풀을 들들 볶아도 이제는 눈두덩이에까지 지방이 들어차는 바람에, 쌍꺼풀은커녕 원래의 눈조차 점점 작아지는 것이 문제라면 문제였다.

친구의 집에 우르르 모여 각자 구입한 과산화수소를 대야에 모으고 돌아가면서 머리를 감아 집단적으로 탈색을 시도하기도 하고, 색깔이 진한 립밤을 사서 어떻게든 쥐 잡아먹은 입술을 연출하고 싶어 용을 썼다. 민주가 남대문 지하상가에서 구루프를 박스로 사 온 날은 모든 아이들이 구루프를 하나씩 머리에 말고 있어서, 들어오는 선생님마다 기함할 듯 놀라기도 했다.

가정수업시간이었다. 집에서 가져온 못 쓰는 헝겊에 박음질, 반박음질, 홈질, 감침질, 공그르기와 같은 것을 연습하는 중이었다. 머리에서는 쥐가 나고, 어깨는 끊어질 것 같고, 손가락은 바늘에 찔려 멍게가 되었다. 순식간에 자기들끼리 엉켜버린 실을 푸느라 어느새 눈은 사팔뜨기가 되었고, 미간에는 주름도 잔뜩 잡혔다.

"참 예쁘다. 너네."

앞에서 우리를 지켜보던 선생님이 갑자기 무심코 중얼거렸다.

뭐라는 거지? 반어법의 일종인가? 대꾸할 가치가 없는 말이라 다들 조용했다. 선생님은 우리가 못 들은 줄 알고, 이번에는 부연설명까지 덧붙였다.

"너희들 어쩜 다 이렇게 예쁘니. 인생에서 제일 예쁜 나이야. 이렇게 뭔가에 집중하고 있는 걸 보니 아주 반짝반짝 빛이 난다야."

우리들은 그제야 와하하하하하 웃음을 터뜨렸다.

"에에에에에이 뻥 치시네. 거짓말도 정도껏 하셔야죠. 자기가 더 예쁘면서."

1년 내내 한결같이 우아하던 가정 선생님이 우리 같은 못난이한테 두 번이나 예쁘다고 했다. 그걸 액면 그대로 믿는 얼뜨기가 어디에 있을까. 패션도, 화장도, 헤어도 어디 백화점에서 '단아함'이라는 브랜드로 토털 제품을 맞추기라도 한 듯, 그녀는 정말 머리부터 발끝까지 단정한 미녀였다. 그런 사람이 우리한테 무슨 그런 씨알도 안 먹힐 소리를!

"아냐, 진짜야, 나중에 너희도 알게 될 거야. 지금 너네가 얼마나 예뻤는지. 아유, 요 모습 그대로 사진이라도 한 장 찍어두고 싶다."

소녀 같았던 가정 선생님의 말투가 너무 폭신해서, 나는 하마터면 그녀의 말을 믿을 뻔했다. 헌데 지금이 가장 반짝인다는 그 말에 나는 왜 조금 슬펐던 걸까.

그때나 지금이나,

반짝이던 그날들이 한참 지난 후에야 우리는 그토록 마음을 옥죄던 외모 콤플렉스에서 조금은 자유로워졌다. 눈에 거슬리던 치부들은 의학기술로 처리하거나, 습관의 개선으로 해결하거나, 정신적 승리로 극복할 수 있었다. 큰 골반은 관점을 바꾸니 오히려 자랑이 되었고, 빗자루 같았던 머릿결은 스트레이트 몇 번에 찰랑거리는 생머리로 변신했다. 백만 년 테이핑으로도 꿈쩍 않던 외꺼풀 눈에는 불과 한두 시간의 수술로 느끼한 쌍꺼풀이 대번에 생겨났다. 우리를 절망에 빠뜨렸던 그 재수떼기 인형들도 세월 앞에서는 공평하게 시들어버렸다는 점이 다른 무엇보다 고무적이었다.

심술궂은 백설공주의 거울도 진즉에 깨졌다. 그까짓 못생김 따위는 명함도 내밀 수 없을 정도로 더 막강하고 더 근원적인 열패감이 콤플렉스 왕국의 패권을 차지했기 때문일 수도 있다.

· · ·

동네를 산책하는데 여중생 서넛이 공원 벤치에서 한창 수다 중이다. 탁자 위에 파우치를 놓고, 한 명이 나머지에게 메이크업 레슨을 하는 모양이다. 한 마디라도 놓칠세라, 관중의 집중력은 대단했다. 보송보송한 얼굴에 파우더가 덮이고, 곧

이어 제 차례를 기다리던 도구들이 빵빵한 파우치에서 순서대로 튀어나왔다.

이제 길에서 만나는 여중생 중 '쌩얼'인 아이는 찾아보기 어렵다. 화장한 초등학생도 심심치 않게 보였다. 아는 여고생은 이제 맨얼굴로 집 밖에 나가는 건 상상도 할 수 없게 되었다면서, 피곤한 직장인처럼 푸념했다. 화장을 안 해도 이미 충분히 예쁘다고 말해주었지만, 그 애는 피식 웃으며 대꾸한다. 됐거든요.

하교하는 학생들이 우르르 지나간다. 골목에 생기가 가득하다. 친구들과 까르르 숨넘어가게 웃다가도, 30초에 한 번씩 핸드폰 액정에 얼굴을 비춰본다. 턱에 올라온 여드름이나, 한쪽으로 삐친 머리카락을 손가락으로 눌러보고는 다시 수다 삼매경에 빠진다. 수시로 주머니에서 빗을 꺼내 앞머리를 정돈하는 아이도 있다. 아무도 니 얼굴에 관심 없어, 엄마가 아무리 얘기해도 들리지 않았을 것이다. 세상의 모든 눈이 내 굵은 다리만 쳐다보는 시절이기 때문이다.

그들이 지나간 골목에 꽃잎처럼 웃음의 파편이 흩날린다.

웃는 아이도, 찡그리는 아이도, 화장한 아이도, 맨얼굴의 아이도, 예쁜 아이도, 못생긴 아이도, 모두 다 어여쁘다.

눈이 부셔 똑바로 쳐다볼 수 없다.

반짝반짝 빛이 난다.

3월의 괴물

마른미역.

난생처음 미역국에 도전했던 스무 살. 나는 미역이 그토록 위험한 사물인 줄 상상도 하지 못했다. 늦은 밤 배가 고파 싱크대를 뒤지다가 라면인 줄 알고 집어 든 것이 마른미역이었다. 그것은 작은 비닐 봉지 속에 시무룩하게 웅크리고 있었다. (이때 정체를 눈치챘어야 했는데!) 라면은 없었고, 배는 고팠고, 미역국 정도라면 해볼 만했다. 물을 붓고 끓이면 되는 거 아닌가? 짜면 물을 더, 싱거우면 소금을 더.

나는 넉넉한 냄비에 물을 받아 봉지에 담긴 미역을 톡 털어 넣었다. 너무 가벼워 냄비가 허전했다. 한 봉지 더 넣어야 하나 망설였지만, 한 끼 정도는 먹을 수 있겠지 싶어 그냥 참았다. 냄비를 불에 올리고 방으로 들어가 친구와 잠깐 통화를 했다. 그러고 나서 몇 분 뒤 나는 한 번도 본 적 없는 생지옥을 경험했다.

부엌에서 양은 냄비가 비명을 지르고 있었다. 큰일 났어. 빨리 와봐. 얼른, 얼른, 얼른!

'달그락달그락' 금속끼리 부딪치는 소리, '치이익치이익' 물과 불이 다투는 소리, '철퍼덕철퍼덕' 점액질이 마루로 낙하하는 소리, 어마어마한 환란의 소용돌이 한가운데 그것이 있었다. 검은 머리를 풀어헤친 그것이.

귀기 넘치는 염력으로 뚜껑을 들썩거리던 그것은 냄비 속에서 사부작사부작 세력을 키우더니, 마침내 두둥! 본모습을 드러냈다. 냄비 바닥에 지옥과 이어지는 터널이라도 뚫린 듯, 검은 머리를 산발한 괴물이 성난 마그마처럼 꾸역꾸역 흘러넘쳤다. 텔레비전 밖으로 기어 나오는, 영화 〈링〉의 사다코 같았다.

겨우 정신을 차리고 가스 불을 잠갔다. 냄비 속에서는 아직 본때를 다 보여주지 못한 잔존 세력들이 분한 듯 숨을 몰아쉬었고, 봉두난발로 바닥에 떨어진 것들은 해방감에 한껏 팔다리를 뻗었다. 이 공포스러운 현상의 정체는 무엇일까. 혹시 내가 개봉한 것이 평범한 미역 포장지가 아니라, 천년 봉인되었던 원귀의 은신처 같은 것은 아니었을까. 그렇다면 어째서 그

그때나 지금이나,

것은 건질 것 하나 없는 우리집에 숨어 있다가 하필 나처럼 심약한 쫄보를 덮친 것일까.

싱크대에 나뒹구는 포장지를 찾아 요리조리 살펴보다가, 나는 봉지 하단에서 경악스러운 문구를 발견하기에 이르렀다.

'50g. 20인분'

2인분이래도 놀랄 판인데, 20인분. 이 작은 한 봉지면 무려 스무 명이 먹을 미역국을 끓일 수 있다는 소리였다. 20인분도 놀라웠지만, 50g이라는 숫자도 경이로웠다. 뭐랄까, 질량과 부피와 물질의 변화 양상을 종합적으로 고려했을 때, 물리화학적 실체를 지니고 지구에 존재할 수 있는 생명체는 아닌 것 같았다. 스무 명 먹일 국을 끓이려면 스머프 수프를 꿈꾸는 가가멜의 무쇠솥만큼이나 큰 그릇이 필요할 것이다. 냄비 하나에도 허전했던 그 가벼운 미역이, 큰 솥을 가득 채울 정도로 변신한다는 것이 아무리 생각해도 믿기지 않았다. 도대체 저 순정하고 유익한 갈조류한테 무슨 사연이 숨어있는 것일까.

세상에는 마른미역 같은 괴물이 인간의 삶 속에 수없이 공존한다. 관심의 사각지대에 숨어 있다가 인간의 방심이 통로를 열어주면, 그 기회를 타고 나약한 인간의 일상 여기저기로 출몰한다. 3월이면 그놈이 깨어났다.

...

3월의 괴물.

그놈 때문에 3월이면 나는 대체로 불행했다. 3월에는 학교에 가는 것이 고역이었다. 굼벵이가 7년 절치부심을 종식하고 마침내 가공할 성량을 지닌 매미로 우화하듯, 3월만 되면 그놈은 오랜 칩거 생활을 끝내고자 굼싯굼싯 몸을 풀었다.

3월 2일. 새 학년의 첫날, 자리가 아직 주인이 정해지지 않아 등교한 아이들은 저마다 쭈뼛거리며 앉을 곳을 탐색했다. 어디에 앉아야 하나. 책상은 두 개씩 짝을 지어 5분단으로 도열되었다. 나는 뒷문으로 들어가 빈자리를 스캐닝한다. 두뇌가 원심분리기의 속도로 회전한다. 이미 누군가 옆자리에 앉아 있는 책상은 제일 먼저 선택지에서 삭제된다. 환영받지 못할 일말의 가능성이 두렵기 때문이다. 어… 여기 앉을라구? 인사 대신 난처한 표정을 지으며 이런 질문부터 던지는 자와 짝이 될 수는 없지 않은가.

발생 가능한 리스크를 순식간에 분석하고 나면, 곧이어 60개의 옵션 중에서 가장 적합한 결론이 수면 위로 떠오른다. 빈 책상 중 가급적 벽과 붙은 자리를 고르는 것이다. 자리를 정하고 나면 문제는 이제 내 손을 떠난다. 과연 누가 내 옆에 앉을

그때나 지금이나,

것인가, 남은 것은 이것 하나다.

아이들이 한 명씩 교실로 들어올 때마다 바짝바짝 신경이 곤두섰다. 기왕이면 마음에 드는 애랑 짝이 되었으면 좋겠다고 생각했다가, 아무도 내 옆에 앉기 싫어하면 어쩌나, 금세 현타가 몰려오기도 했다. 그러면서 겉으로는 무심한 표정까지 연기하느라 안 그래도 부실한 멘탈이 조각조각 쪼개질 지경이었다. 교실의 책상 수는 어차피 학생 수와 일치하기에, 결국 빈자리는 없다는 걸 알면서도 머릿속으로는 모두에게 배척받는 최후의 일인이 되는 상상을 하다가 미리부터 알아서 풀이 죽곤 했다.

3월 첫 주는 내내 이런 식이었다. 3월의 괴물이 나를 찾아왔기 때문이다. 마징가 제트에 탑승한 쇠돌이처럼 괴물은 내 심장 한가운데 자리를 잡고, 제멋대로 이리저리 나를 흔든다. 나는 고분고분 그의 말에 순종한다. 고개를 숙이고, 여기저기 눈치를 보면서, 누구한테도 먼저 말을 붙이지 않는다. 내 욕망은 괴물의 의지와 달랐기에, 마음은 늘 두 갈래로 갈라졌고, 분열된 심장으로 통증이 밀려왔다. 활발한 아이들이 여기저기 말을 트고, 하나둘씩 무리가 되어가는 과정을 나는 뒤통수로도 완벽하게 파악하고 있었다.

개중에는 한눈에 반할 만큼 마음에 드는 친구도 있었지만, 그래 봤자 소용없었다. 3월의 괴물이 내 입을 꽁꽁 닫아 진심이 밖으로 새나가지 못했다. 친해지고 싶었던 아이가 다른 이들과 조금씩 가까워지다가 결국 단짝이 되는 모습을 나는 무기력하게 바라보기만 할 뿐이었다. 커다란 귀는 심장에 붙었고, 입은 흔적기관처럼 기능을 잃었다.

　가끔 교실 한구석에서 나와 비슷한 눈빛을 한 아이들을 만날 때도 있었다. 역시나 3월의 괴물에게 마음을 저당 잡힌 아이들. 우리는 단박에 서로의 처지를 눈치채지만, 같은 극을 밀어내는 자석처럼 오히려 한걸음 물러설 뿐이다. 누구도 주목하지 않지만 누구의 주목도 받지 않도록 우리들은 조심조심 교실 문을 여닫곤 했다.

　반면 어떤 아이들에게는 3월의 괴물이 힘을 쓰지 못했다. 애들아, 안녕!!! 대상을 특정하지 않는 너그러운 인사를 덩크슛처럼 공간에 꽂아 넣으며, 아침마다 그들은 떠들썩하게 등장했다. 윤은 우리 반 대표 슈터였다.

　윤은 풀 같은 아이였다. 가공할 붙임성으로 반 친구들을 순식간에 접수했다. 들판의 풀처럼 살랑살랑 흔들리다가, 넋을 놓은 이들의 일상에 딱풀처럼 들러붙었다. 처음 보는 사람에게 말을 붙이는 데도 망설임이 없었다. (그러고 보니 말도 붙이는 거였다.)

　비 오는 날의 풀잎처럼 싱그러운 윤을 반 아이들은 모두 좋아했다. 윤이 등장하면 조용하던 아침 교실에 소나기가 내렸

　　　　　　　　　　　　　　　　그때나 지금이나,

다. 후드득후드득 생기가 돌면서 곧 여기저기서 물방울 같은 웃음이 터졌다. 까만 몽돌처럼 윤기가 흐르는 얼굴에, 장난기 가득한 작은 눈을 반짝거리며 윤은 아이들을 주욱~~~ 훑어 보았다. 오늘은 누구를 좀 놀려볼까.

그날의 타깃은 승연이였다. 승연네 집은 식당을 했다. 식당 이름은 마산댁 아구찜. 윤은 아이들을 모아놓고 심각한 얼굴로 이야기를 시작했다.

"승연이 어머님은 진짜 생각이 깊으신 거야."

또 시작인 건가. 호기심과 기대감을 번들거리며 아이들이 윤의 주위로 몰려들었다. 당사자인 승연은 모종의 불안감을 느꼈지만 그 역시 다음 말이 궁금하기는 마찬가지였다.

"승연이 어머님이 식당 말고, 유치원을 하시기로 마음을 먹었다고 치자. 그럼 정말 난처한 일이 벌어지는 거지."

이 무슨 족보 없는 가정법인가? 모두 침을 삼키며 다음 말을 기다렸다. 잠깐 뜸을 들인 윤은 갑자기 발랄한 목소리로 노래를 부르기 시작했다.

"꽃밭에는 꽃들이 모여 살고요, 우리들은 유치원에 모여 살아요. 마산댁 유치원, 마산댁 유치원~ 꼬맹이들이 옹기종기 모여서 이런 노래를 불렀을 거 아냐."

푸하하하~~ 아이들이 동시에 나뒹굴었다. 승연만 표정이 복잡했다. 이게 지금 화를 내야 할 상황인가 아닌가, 웃긴데 내가 웃어도 되나 안 되나, 윤은 승연의 갈등이 끝나기도 전에 잽싸게 다음 말을 덧붙였다.

"정말 다행이지 않냐? 유치원을 포기하시고 식당을 하신 거 말이야. 안 그랬으면 우리 동네에서 제일 맛있는 식당이 없는 거잖아. 거기 되게 유명해. 엄청 맛있고. 너희도 나중에 꼭 가 봐."

이후 며칠 동안 우리 반 음원 차트 1위는 '마산댁 유치원'이 었다. 한번 입에 달라붙은 그 노래는 좀처럼 떨어지지 않아서, 아이들은 한동안 화장실을 가거나 청소를 하면서도 아무 생각 없이 '마산댁 유치원'을 흥얼거렸다. 심지어 승연이조차.

그렇게 별것도 아닌 얘기도 윤의 편집을 거치면 한 편의 코미디로 변모했다. 박장대소를 하며 윤의 이야기를 듣다 보면 어느새 웃음이 교실 전체로 전염되었다. 그의 주변에는 늘 아이들이 북적거렸다. 나 역시 윤이 입을 열면 저절로 귀가 커졌다. 그래서 나도 윤과 친구가 되고 싶은 줄 알았다.

하지만 곰곰 생각해보고 나서, 내가 꼭 그걸 원하는 것은 아니라는 사실을 깨달았다. 아귀가 잘 맞는 관계가 되기에는 윤과 나의 요철은 모양도 크기도 모두 달랐다. 무리에 섞여 있어도 윤은 늘 빛이 났는데, 그 빛을 오래 보고 있자면 나는 어쩐지 눈이 시렸다. 성대에 힘을 빼고 소곤소곤 얘기하는 내 말버릇과 달리 윤의 성량은 사정거리 2미터까지 커버할 정도로 거

그때나 지금이나,

침없고 화통했다. 성격 좋은 승연이는 윤의 친구가 되었지만, 윤의 놀림에 악의가 없다 해도 소심한 나는 아마 도망치거나 홀로 낙담했을 것이다.

학년이 바뀔 때마다 3월의 괴물도 여지없이 몸을 풀었고, 교실에는 또 다른 '윤'이 등장했다. 겨울 코트를 입기에도 봄 잠바를 입기에도 어정쩡한 날씨 탓에 종일 손발은 시리고 어깨는 움츠러들었다. 너는 왜 '윤'이 되지 못하니. 나는 나에게 따져 물었다. 집에 같이 갈 단짝을 구하지 못한 탓에 홀로 걷는 하굣길은 길고도 우울했다. 추위와 낯가림으로 침울한 하루를 보내고 나면, 온몸의 기력이 다 빠지고 아스라한 슬픔이 밀려왔다. 영혼은 점점 땅굴을 파고 가라앉았고, 땅굴 밑바닥에서는 냉정한 목소리의 메아리가 종일 같은 이야기를 내 귀에 속삭였다.

"윤은 옳고, 너는 그르다. 윤은 우월하고, 너는 열등하다. 윤은 승리할 것이고, 너는 끝내 패배할 것이다."

하지만 3월의 괴물은 4월이 되면 잠들어버렸다. 세상에 하얀 벚꽃잎이 흩날릴 즈음이면, 시즌이 끝난 계절 장사를 거두듯 3월의 그놈도 감쪽같이 사라졌다. 4월의 나는 어느새 마음이 통하고 성품이 순한 친구들과 웃고 떠든다. 도시락을 같이 먹고, 떡볶이집에 같이 가며, 집에서는 밤늦도록 전화를 한다.

굽었던 어깨도, 꼬깃꼬깃 뒤틀렸던 마음도, 물에 잠긴 미역처럼 조금씩 유연함을 되찾곤 했다. 3월의 괴물이 가면 이렇게 모든 것이 괜찮아졌다.

...

직장에 들어와 처음으로 MBTI 검사를 하고 나서, 학창 시절 내내 3월마다 출몰하던 괴물의 정체를 알게 되었다.

'내향형.'

에너지의 방향이라 해석되는 그것. 내 자아는 극내향을 가리키고 있었다. 내향형들의 충전기 단자는 타인이 닿지 못하는 내밀한 곳에 감춰져 있다. 에너지를 충전하려면 아무도 없는 그곳에서 잠시 머물러야 한다. 혼자 있어야 활기가 차오르고, 활기가 채워져야 더 힘찬 자들과 어울릴 수 있는 것이다.

새로운 세상을 향해 매일 호기심 어린 촉수를 뻗던 그때, 어쩌자고 내 에너지는 고립된 곳에서만 충전되었던 것일까. 내향형이라고 해서 세상과 사람에 대해 관심이 덜한 것도 아닌데, 그 격렬한 기웃거림이 끝나면 긴 여행에서 돌아온 탕아처럼 농축된 피로가 심신을 가득 채웠다. 겨울도 아닌데 겨울보다 추웠던, 다가서고 싶은데 다가서기 힘들었던, 그 고독한 맹춘의 갈등.

그때나 지금이나,

개인의 성향은 우열의 문제가 아니고 그저 선호도에 불과하다고, 행여 무지한 오해로 좌절감에라도 빠질세라 MBTI 해설지는 경계하고 또 경고했다.

"내향형이라고 해서 절대 열등한 게 아냐. 알겠지? (인간은 본래 넓은 세상에서 낯선 존재들과 끊임없이 상호작용하며 성장하는 것이 숙명이기에, 내향형들은 불안하고 불편한 표정으로 어디 끼워주는 곳 없나 눈치만 살피다가, 그것도 여의치 않으면 난 원래 혼자가 더 편하다며 정신적 승리로 자위하는 것이 사실이기는 하지만) 내향형은 절대 틀린 것이 아냐. 그냥 다른 거야. 혹시 오해할까 봐 말하는 거야."

MBTI 매뉴얼은 지혜로운 할머니처럼 내 마음을 토닥토닥 두들겨주었다.

정체를 감춘 채 은둔하다가 결정적인 순간에 나타나 모든 것을 압도해버린다는 측면에서 볼 때, 마른미역은 슈퍼맨, 헐크, 스파이더맨의 계보를 잇는 변신 히어로의 정통 적자라 할 것이다. 아직도 나는 천연덕스러운 표정으로 마트 선반에 숨어있는 봉지 미역과 눈이 마주칠 때마다, 그날의 충격이 생생하게 떠오른다. 다른 사람은 몰라도 내 눈은 못 속인다. 나는 검지와 장지를 쭉 펴서 내 눈과 그놈의 눈을 번갈아 찌르고 돌아선다.

그리운,

인생에 한 번쯤 문학소녀

3학년에 올라가니 모두가 우리를 수험생이라 불렀다. 각반 담임은 입시전담 꼰대들이었다. 우리 반 담임은 김만철 씨. 그해 초 일가족을 데리고 북한에서 귀순한 김만철 씨와 똑같이 생겨서 생겨난 별명이었다. 그의 미간에는 늘 어떤 치열함이 고여 있었다. 조회 시간마다 김만철 씨는 똑같은 얘기를 지치지도 않고 반복했다. 시험이 얼마 안 남았다. 긴장해라.

당락이 결정된다는 말은 얼마나 가혹한가. 우리는 16년 삶 최대의 도전을 앞두고 있었다. 인문계 희망자는 연합고사 한 번에 명운이 걸렸고, 실업계 희망자도 원하는 고교에 단 한 장의 원서만 넣을 수 있었다. 동정심도 여백도 없는 시스템이다. 다들 어디서 구했는지 작년까지는 본 적 없던 철딱서니를 한

그리운,

자루씩 지고 다녔다.

김만철 씨는 아침 자습시간에도 교실에 들어와 어슬렁거렸다. 딱딱한 막대기를 들고 분단 사이를 돌아다니며, 졸고 있는 애들을 귀신같이 찾아내 머리통을 갈겼다. 칠판 오른쪽 꼭대기에는 'D-OOO'을 적어놓고 아침마다 주번이 숫자를 덜어냈다.

집 앞 골목 한 귀퉁이에 서점이 생겼다. 주택가 한가운데 구멍가게도 아니고 서점이라니. 심지어 그곳은 상가도 아니고 어느 집 주차장이 있던 자리였다. 방마다 다른 세입자가 살고 있던 그 집에는 대문 옆에 셔터가 내려진 주차장이 붙어있었는데, 먼 데 사는 집주인이 비어있는 주차장에도 세를 놓은 것이다.

사업의 성패를 좌우한다는 유동인구는 따로 분석할 필요가 없었다. 가게 앞을 지나는 사람의 9할은 동네 주민, 나머지는 달걀, 생선, 채소, 고물, 생강엿을 싣고 다니는 리어카였다. 그들 중에서 책을 읽을 것으로 보이는 사람은 거의 없었다.

공사하는 소리에 호기심을 보였던 주민들은 그곳의 정체가 생필품을 파는 '상회'가 아니라 '서점'이라는 사실을 알고는 곧 관심을 끊어버렸다. 소비자가 등을 돌린 가게에는 금세 나른한 패배주의가 들어찼다. 밖에서 보면 언제나 주인아저씨 혼자 두꺼운 법전 같은 것을 읽고 있었다. 그는 내가 문을 열고 들어가도 쳐다보지 않았다. 반색하며 손님을 쫓아다니는 가게 주인의 참견만큼 부담스러운 것이 없기에, 그의 무관심은 어떤 환대보다 편안했다.

서점 한쪽 벽은 문고판의 영역이었다. 범우사, 삼중당, 을유문화사. 크기도 가격도 만만했다. 나는 제목이 끌리는 대로 한 권 골랐다. 『지와 사랑』. 그런데 놀랍게도 지은이가 헤세였다. 그 겨울 외갓집에서 『데미안』으로 내게 왔던 그날처럼, 이번에도 헤세는 이 많은 책더미 속에서 운명처럼 홀로 모습을 드러내었다. 마당문고. 천 원. 내돈내산 첫 소설.

지금도 새 책을 사면 첫 장을 펴기 전, 잠깐 망설이는 찰나가 있다. 접을까, 말까. 확실하게 결정을 해야 갈등이 조기에 종식되고, 이후의 시간이 편해진다. 빳빳한 표지를 손바닥으로 야무지게 문질러 단숨에 헌책을 만들어버리는 돌격대의 독서를 할 것인가, 아니면 종이 사이에 빨대를 꽂아 글자만 살살 빨아먹는 닌자의 독서를 할 것인가. 그때 나는 당연히 후자를 선택했다. 처음으로 돈 들여 산 책에 생채기를 남기기 싫었던 것이다. 종이끼리 붙어 안 떨어지면 검지에 침을 묻히는 대신, 신경을 연필처럼 뾰족하게 깎아 그 끝으로 페이지를 넘겼다.

정신을 차리고 보니 마지막 장이 넘어갔고, 나는 뒷표지에

그리운,

서 신비한 표정으로 먼 데를 바라보는 노작가와 마주하고 있었다. 엄청난 중력장에 빨려 들어갔다가 다시 반대 방향으로 거칠게 내쳐진 듯 머리가 어지러웠다. 책상 위에는 직사각형의 사물이 놓여있었다. 몇 시간 동안 신경이 곤두선 채 만지작거리던 것인데, 다시 보니 남의 물건처럼 낯설었다. 아직 누구에게도 함부로 비밀을 노출한 적 없다는 듯 책은 뻣뻣하고 오연했다. 몸속에 북을 하나 매달아놓은 것처럼 둥둥둥둥 낮은 울림이 멈추지 않았다. 나는 책을 집어 들고 다시 서점으로 향했다. 아직 주머니에 용돈이 남아 있다. 이 괴상한 울림의 정체를 알려면 한 번은 더 그 세계를 다녀와야 했다.

"잘못 샀니?"

주인은 문제가 생겼냐는 표정으로 물었다. 몇 시간도 안 돼서 사간 물건을 도로 가져왔으니 착오가 생긴 것으로 생각한 것이다.

"다른 책으로 바꿔줄까?"

순간, 귀를 의심했다. 눈이 번쩍 띄었다.

"바꿔도 돼요?"

"그래. 다시 골라 봐."

악마가 손을 내미는 순간이었다. 하지만 곧 소심과 정직 연맹이 유혹을 물리쳤다.

"근데 벌써 다 읽었어요…. 그래도 바꿔도 돼요?"

원래 있던 자리에 책을 꽂으려다가 주인은 당황한 기색으로 멈칫했다. 그때 내 절박함이 묘안을 내놓았다.

"혹시 책값의 절반만 내고 바꿔가면 안 될까요? 대신 지금처럼 깨끗하게 읽고 금방 가져올게요."(어차피 손님도 없잖아요.)

주인은 잠깐 고민하는 시늉을 하더니 곧 시큰둥한 얼굴로 대답했다.

"어차피 손님도 없으니 그렇게 해. 대신 이틀을 넘기면 안 된다."

빅딜! 이어서 세부 조항에 대한 양해각서가 체결되었다. 대상은 문고판 도서로 한정. 비용은 오백 원으로 통일. 문고판 도서의 가격은 비슷했기에, 일일이 정가를 확인하는 번거로움을 방지하기 위함이었다. 나는 뜻밖의 횡재에 기쁜 나머지, 웬만하면 하루를 넘기지 않겠다는 특약까지 남발했다.

아다지오로 흘러가던 일상의 리듬이 프레스토로 돌변했다. 하루에 책 한 권을 완독하자니 꼬리에 불을 붙인 듯 마음이 바빠졌다. 하굣길에 책을 바꿔 자기 전까지 읽고, 그래도 못다 읽으면 학교에 가져가 어떻게든 해결했다. 두께에 따라 조금씩 달랐지만, 문고판은 얼추 이틀이면 결말에 도달했다. 수업이 늦게 끝난 날은 조급한 마음에 서점까지 달렸다. 숨을 몰아쉬며 유리문을 열면 주인은 해파리가 부유하는 투명한 주머

그리운,

니 속에 담겨 아무것도 들리지 않는다는 표정으로 무언가를 읽고 있었다. 그럴 때면 나는 신속하게 책을 고르고 프런트에 동전을 올려놓고, 눈치 빠른 고양이처럼 발소리도 없이 그곳을 빠져나왔다.

커다란 책장 앞에서 나는 매일 시험을 치르는 기분이었다. 이번에는 무엇을 읽을까. 내게는 상식이 없었고, 세상에는 인터넷이 없었다. 유일한 단서는 표지 디자인과 제목. 하지만 문고판 시리즈는 디자인의 차별성마저 희석해버려서, 내게 남은 것은 제목이 주는 느낌적 느낌뿐이었다.

워낙에 소양이 없으니 선입견도 없어서 백지처럼 하얀 마음으로 블라인드 선발에 돌입했다. 마음이 이끄는 제목의 책을 고르고, 그다음에는 맨땅에 헤딩하는 마음으로 무조건 달리는 것이다. 성공할 때도 있고 실패할 때도 있었지만, 내게 오백 원은 큰돈이었다. 너무 어려운 책을 고른 바람에 '이번 판은 나가리'라고 선언하고 싶을 때면, 엄격한 경제 관념이 '본전 생각'은 안 할 거냐며 내 나약함을 꾸짖었다. 그럴 때마다 나는 순진한 내게 함정을 파고 빅엿을 선사한 제목의 계략을 저주했다.

『적과 흑』을 집어 들며 나는 유년의 치열했던 이전투구를 떠올렸다. 매일 흙구덩이를 뒹굴며 주먹 싸움을 하던 아이들. 흑이 아니라 흙이라고 써야 하는 거 아닌가, 아주 잠깐 생각했

지만 곧 잊었다. 앞에 놓인 '적'이 너무 강렬해서 다른 가능성
은 자동으로 삭제되었다. 하지만 그 안에는 적도, 흑도, 흙도
없었다. 꼬박 하루를 빙의된 채 살았던 쥘리앙 소렐이 끝내 단
두대에서 처형되어버리는 바람에 내 목이 잘린 것 같은 충격
이 덮쳤을 뿐.

『인형의 집』은 알콩달콩한 동화인 줄 알았다가 조금씩 심
란해졌고, 『병신과 머저리』는 얄개가 등장하는 덤엔더머 풍의
코믹 활극을 기대했다가 완벽하게 실망했다. 『사반의 십자가』
는 로마 시대를 배경으로 예수님이 등장하는 벤허 류의 내용
이었는데, 작가가 한국 사람인 것이 의아해서 몇 번이나 책 표
지를 확인하곤 했다.

가장 충격적인 제목은 『춘희』였다. 춘희는 둘째 고모의 이
름이었다. 친구를 좋아하고, 맥주를 좋아하고, 미용사인 친구
들과 그 미용실에서 맥주 마시는 것을 좋아하던 춘희. 친구 미
용실에서 곁눈으로 배운 파마 기술로 마당에서 할머니의 머
리를 말아주던, 시집도 안 간 처녀였지만 화통한 목소리로 껄
껄껄껄 웃고, 검붉은 얼굴빛이 유비 동생 장비를 닮았던 춘희.
수가 틀릴 때마다 나와 동생에게 욕도 시원시원하게 하고 대
신 먹을 것도 선뜻 잘 사주던 춘희.

나는 당연히 그 책이 김유정의 『봄봄』 같은 내용일 거라고
믿었다. 점순이한테 놀아나는 어리버리한 소년 대신 왁자지껄

그리운,

하고 우악스러운 춘희가 벌이는 한바탕의 소극笑劇. '봄봄' 대
신 봄의 여인 춘희. 뒤마의 마르가르트는 춘희 고모와 닮은 구
석이 전혀 없었고, 나는 마르가르트라는 비련의 여인이 어째
서 춘희인지 그 가당치 않은 작명 솜씨에 실소를 금치 못했다.

오백 원의 압박에도 불구하고 결국 포기한 책도 있었다.

파우스트, 광세, 델러웨이 부인, 카라마조프가의 형제들, 유
리알 유희, 구토, 자라투스트라는 이렇게 말했다…

제목만으로도 허영심과 공명심이 충족되는 책들이었지만,
안타깝게도 읽을 수는 없었다. 분명 한국어로 적혀 있는데 끝
내 독해가 불가능했다. 알 수 없는 외계인의 말로 이토록 두꺼
운 책을 채울 수 있다니, 작가의 위대함이란 정말 상상을 초월
했다.

하지만 대여와 반납이 반복되면서 내 가슴속에는 살금살금
나만의 명작이 쌓여갔다.

수레바퀴 아래서, 싯다르타, 슬픔이여 안녕, 삼포 가는 길,
멋진 신세계, 페스트, 위대한 개츠비, 무진기행, 설국, 대지, 달
과 6펜스, 날개, 이방인, 성, 테스, 타인의 방…

책을 덮고 나서도 한동안 가슴앓이가 멈추지 않았다. 주로
주인공의 갈망과 좌절이 선명한 작품들이었다. 이런 삶도 있
구나. 우여곡절로 가득한 그들의 일생에 동행하다 보면, 어떤
이벤트도 없이 편협했던 내 일상이 대륙과 역사를 넘나들며

확장되었다. 가혹한 운명에 정통으로 때려 맞은 듯 매일 마음이 노곤했다. 시간은 늘 촉박했다. 어제 읽은 책의 여운이 가시지 않았는데, 곧 다른 책을 골라 들었다. 아직 내 속에 누군가 살고 있는데, 또다시 누군가에게 초대장을 띄웠다. 프레스코 천정화처럼 수많은 인물들의 삶이 덧칠되어 나중에는 지금 이 울렁증이 누구 때문인지 가늠하기조차 어려울 지경이었다. 바이러스 걸린 동영상 파일처럼 종일 머릿속에서 반복 재생되는 장면들 때문에 신경증 직전에 몰리는가 하면, 내 간절함을 짓밟는 비극적 결말에는 며칠 동안 회한에 사로잡혀 삶의 의욕을 잃어버리기도 하였다.

내가 호랑나비의 꿈을 꾼 것인지, 호랑나비가 내 꿈을 꾼 것인지 헷갈려 죽겠던 장자의 마음을 알 것도 같았다. 그들이 사는 세상은 내가 사는 세상과 완벽하게 달랐지만, 오백 원짜리 백동전 하나면 그 별천지로 향하는 문이 마법처럼 열렸다. 책은 반납할 수 있어도, 남겨진 여운은 반납이 불가능했다.

이 고매한 일상의 가장 큰 훼방꾼은 단연 김만철 씨였다. 담임은 중3이 무슨 죽을 날 받아놓은 시한부 환자라도 되는 양, 허구한 날 시간을 아껴 쓰라며 안달이었다. 초월적 삶을 꿈꾸는 내게 고작 연합고사를 논하다니. 천박하고 속물적이다. 박차를 가하라니, 내가 말이냐? 긴장을 바짝 죄라니, 내가 봇짐

그리운,

이냐? 한마디를 하면 열 마디 반발이 목구멍을 치고 올라 헛구역질이 날 지경이었다.

담임은 아이들의 연간 모의고사 성적표를 책처럼 다발로 묶어 매일 들여다보았다. 60명 중에서 인문계 합격자는 25명 정도. 좋은 여상을 가려면 반에서 10등 안에는 들어야 한다. 담임은 자기가 시키는 대로만 하면 모두 원하는 학교에 갈 수 있다면서 눈에서 레이저 빔을 뿜었다.

담임의 결연함은 내 관심 밖이었다. 나는 자습시간마다 소설을 읽었다. 전 생을 통틀어 가장 주목할 만한 저항이었다. 눈에 튀는 뻘짓은 없었지만, 남들 다 공부하는 공간에서 바로 그걸 안 하고 버티는 것 자체가 엄청난 반역이고 비행이었다.

담임은 학년 초부터 팀워크를 강조했다. 심지어 급훈도 담임이 마음대로 정했다. '단단한 차돌보다 끈끈한 밥알이 되자' 다른 반의 클래시컬한 급훈 '정직, 성실, 최선, 헌신'에 비해 얼마나 구리고, 구차하고, 구구절절하고, 구질구질한가. 아무튼 담임은 누구 혼자 잘나서 튀는 것보다 모든 구성원이 똘똘 뭉쳐 집단의 위력을 과시하는 것을 더 중시했다. 그런 그에게 내 태도는 식물로 치면 눈엣가시, 동물로 치면 미꾸라지 같은 것이었다.

모두가 문제집을 풀고 있는 평화로운 아침 자습시간, 혼자 엉뚱한 책을 꺼내 읽는 관종 같은 내 모습에 담임은 결국 나를 호출했다.

"이 새끼가 정신 안 차려? 너 혼자 사는 세상이야? 공부 안
해?"

드디어 내게도 세계와 자아의 한판 투쟁이 발발했다. 삿된
세력과 싸우는 결사대처럼 나는 싸가지를 버리고 대항했다.

"공부 다 했는데요?"

하지만 이 터무니없는 대답에 담임은 그저 픽 웃고 말았다.
대꾸하기도 어이없다는 표정이었다.

"제발 잘 하자, 응?"

화석연료마냥 이글이글 불타오르던 반항심이 담임의 웃음
때문에 힘을 잃었다.

D-day는 12월 8일. 시험은 두 달 앞으로 다가왔다. 아이들
은 동아출판사나 교학사의 '15년간 고입 총정리'를 펴놓고 막
판 스퍼트를 내는 중이었다. 매달 치르던 모의고사는 시험이
가까워오자 격주로 당겨졌다. 시험이 있는 주간에는 담임과
나의 신경전은 더 날이 섰다. 나는 여전히 자습시간에 보란 듯
이 소설책을 폈고, 한참 있다가 옆통수가 찌릿해서 고개를 들
면 담임이 퇴학시켜버리고 싶다는 표정으로 째려보고 있었다.

공부를 접은 것은 아니었다. '공부를 다했다'는 지나가던 똥
개도 웃을 만한 뻥을 쳤으니, 일말의 대비는 필요했다. 집에
돌아가면 시간을 정해놓고 밀린 공부를 몰아쳐서 했다. 담임

그리운,

앞에서 문제집을 펴기는 싫었다. 우리는 이미 너무 멀리 왔다. 책 반납은 이틀을 넘기면 눈치가 보였기에 소설도 읽어야 했다. 시간이 모자라 죽을 지경이었다. 고3 때도 그때처럼 치열하게 시간을 아껴 쓴 적이 없었다. 사춘기 반항이 해괴한 장르로 꽃을 피웠던 탓에 하루하루가 단거리 경주처럼 숨차게 흘러갔다.

이 가열찬 신경전은 엉뚱한 이유로 종식되었다. 하교길에 서점에 들렀더니 이사가 한창이었다.

"너 같은 애들만 꼬이니 내가 망하지."

아저씨가 나를 발견하고는 떨떠름한 표정으로 중얼거렸다. 충격에 말문이 막혔다. 내 손에 최후로 남은 책은 『백 년 동안의 고독』. 등장인물들의 이름을 익히는 단계에서부터 막혀 결국 눈물을 머금고 포기한 책이다. 호세 아르카디오 부엔디아의 아들은 호세 아르카디오와 아우렐리아노이고, 다시 아우렐리아노의 아들은 아우렐리아노 호세, 다시 아울레리아노 호세의 조카는 호세 아르카디오 세군도와 아우렐리아노 세군도. 그들의 아들은 다시 호세 아르카디오. 그의 조카는 다시 아우렐리아노. 아이큐가 500쯤 되어야 족보 파악이 가능할 것 같았다.

이제 어떡하지? 망가진 나침반처럼 나는 짐을 싸는 일꾼들

주변을 맴돌았다. 집에 책이라고는 없다. 누가 산 것인지 알수 없는 오래된 선데이서울 몇 권, 한자가 절반 이상 섞인 양장판 수필집 한 질, 그게 다였다. 학교에 도서관이 있다는 풍문은 들어본 적도 없었다. 유일한 영혼의 급식처가 폐업을 한것이다. 모든 희망은 사라졌고, 이제 나에게는 백 년 동안 이어질 고독만 남았다.

며칠을 뒹굴다 보니, 심심했다. 시험은 어느새 코앞으로 다가왔다. 자습시간에 드디어 문제집을 꺼냈다. 담임은 득의양양한 표정을 숨기지 않았다. 굴욕스러웠지만 어차피 담임과의신경전에도 예전만큼 흥미가 없었다. 공부도 그저 그랬다. 시간에 쫓기며 숨어서 공부할 때는 집중도 잘 됐었는데, 종일 문제집을 들여다보고 있자니 오히려 내용이 눈에 들어오지 않았다. 모든 것이 시들했다. 관료주의 조직의 중간 계급처럼 총기가 사라졌다. 어차피 고등학교에 가면 헤세의 책 대신 홍성대의 책(수학의 정석)을, 괴테의 책 대신 서성문의 책(성문종합영어)을 봐야 한다.

운명의 격랑에 휩쓸려 알 수 없는 곳으로 떠밀려가는 주인공처럼, 정신없는 시간이 흐르고 나니 어느덧 나는 고등학생이 되어 있었다.

그리운,

사랑이 메아리칠 때

아빠는 안다성을 좋아했다. 〈바닷가에서〉, 〈사랑이 메아리칠
때〉 두 노래는 아빠의 페이버릿 레퍼토리였다. 아빠는 종종
셋째 고모의 풍금 반주에 맞추어 안다성의 노래를 불렀다. 평
소 말수가 적던 아빠가 이렇게 소리를 내어 노래를 부르면 꼭
다른 사람이 된 것처럼 낯설었다. 풍금 페달을 밟느라 천천히
몸을 앞뒤로 흔드는 고모와 창문으로 들어오는 햇살 속에서
눈을 지그시 감은 아빠의 옆모습은 르누아르의 그림처럼 아
름다웠다.

  아빠는 깜짝 놀랄 만큼 노래를 잘했다. 아빠가 노래를 시작
하면 마루에서 놀던 나도 꼼지락거리던 것을 멈추고 귀를 기
울였다. '파도 소리 들리는 쓸쓸한 바닷가에…' 익숙한 전주가

울리고 노래의 첫 소절이 들려오면, 태어나 몇 번 가본 적 없는 바다의 모습이 저절로 떠올랐다. 아무도 없는 겨울 백사장에 흰 파도가 밀려오는 풍경. 그 노래 때문에 그때 바다는 내게 세상에서 가장 쓸쓸한 장소였다.

나는 〈사랑이 메아리칠 때〉를 더 좋아했다.

'바람이 불면 언덕에 올라 노래를 띄우리라, 그대 창까지. 달 밝은 밤은 호수에 나가 가만히 말하리라. 못 잊는다고. 못 잊는다고. 아아아 아아아아 진정 이토록 못 잊을 줄은 세월이 물같이 흐른 후에야… 고요한 사랑이 메아리친다. 꽃 피는 봄엔 강변에 나가 꽃잎을 띄우리라. 그대 집까지. 가을밤에는 기러기 편에 소식을 보내리라. 사무친 사연, 사무친 사연, 아아아 아아아아 진정 이토록 사무칠 줄은 세월이 물같이 흐른 후에야… 고요한 사랑이 메아리친다.'

노래에 빠져들면 어느새 내 마음은 밤의 산기슭에 서 있다. 바람 소리를 닮은 외로움이 달빛 은근한 골짜기를 횡한 메아리처럼 떠돌았다. '사무친다'는 어휘는 사무치게도 아름다워 노래를 들을 때마다 심장이 쪼그라들면서 괜히 울고 싶었다. 노랫말 속의 사내는 당연히 아빠가 아니겠지만, 가슴 저 아래에서 탄식처럼 터져 나오는 아아아아 때문에 아빠의 모습은 진심으로 고독해 보였다. 아빠의 목소리는 안다성만큼이나 슬프고 감미로웠다. 슬픔이 달콤할 수 있다는 역설적 감정은 어

그리운,

린 나이에 수긍하기 난해한 것이었지만, 아빠와 고모가 풍금 앞에 서면 내 마음은 미리 산마루 어디로 마중을 나가 손님처럼 찾아올 슬픔을 기다렸다.

성장은 밤의 언덕을 더듬으며 홀로 산등성이에 오르는 과정이다. 다리는 팍팍하고, 손은 상처투성이다. 겨우 익숙해지면 어느새 낯선 갈림길이 나타났다. 어느 길이나 함정을 숨긴 듯 수상했지만 돌아가거나 멈추는 것은 불가능하다. 학교도, 사람도, 공부도 다 벽이었다. 학년이 올라갈 때마다 나는 남들이 알고 있는 것을 혼자만 몰라 허둥댈 때가 많았다. 알고 나면 별것도 아니지만, 모르면 손발이 피곤해지는 백만 개의 요령들이 나에게는 전무했다. 수시로 성난 파도가 몰아치고 미친 바람이 메아리치는 내 마음도 문제였다. 하지만 물어볼 사람이 없었다. 엄마는 어쩌자고 나를 맏이로 낳아주었을까. 이국의 산속에 버려진 것처럼, 암중의 모색은 늘 두렵고 불안했다.

정보가 호흡기 질환처럼 오로지 입에서 입으로만 전파되던 시절이었다. 정보는 힘이었고, 힘은 아이들 사이에서 인력으로 작동해 그들을 중심으로 무리가 생겨났다. 정보력은 특히 유행이나 유희, 유흥의 영역에서 더 독보적 권력을 휘둘렀다. 정보가 부족한 자는 반에서 주로 얼빵이 포지션을 담당했다.

자비로운 구원자가 먼저 그 얼빵이에게 손을 내밀지 않는 한, 촌닭 신분에서 자력으로 탈출하는 것은 거의 불가능했다.

변방의 촌닭을 다운타운가로 이끈 구원자는 진아였다. 당시 용산구 소재 여고생들에게 최대의 핫플레이스는 숙대 앞이었다. 시험이 끝난 날이나 토요일 오후만 되면 인근 학교의 중고생들이 죄다 거기로 바글바글 몰렸다. 고작해야 큰길에서 숙대 정문까지 이어지는 작은 언덕길이 전부였지만, 거기에는 우리에게 일용할 모든 것이 있었다.

어느 토요일, 진아는 짝다리를 짚고 껌을 쫙쫙 씹으며 내게 따라오라고 했다. 숙대 앞으로 출동. 진아는 그냥 숨만 쉬어도 깡다구가 넘치고 날티가 좔좔 흐르는 인상인데, 정작 마음은 무지하게 여리고 착했다. 그날 나는 와플이라는 유럽풍 이름을 지닌 그것을 처음으로 맛보았다. 팥빙수와 와플이 주 메뉴인 숙대 앞의 명소 와플하우스. 그 정직한 이름에 걸맞게 와플은 그 집의 시그니처 메뉴였다. 가게 한쪽에서는 누가 보아도 부녀지간임을 짐작할 수 있을 정도로 똑같이 생긴 아저씨와 언니가 달인의 속도로 와플을 구워댔다. 언니의 엄마이자 아저씨의 배우자로 추정되는 아주머니는 번개맨처럼 날쌔게 얼음을 갈면서 동시에 한 손으로는 음식을 서빙했다. 실로 놀라운 가게였다. 사과잼과 버터를 듬뿍 바른 와플과 토핑을 아끼지 않는 팥빙수, 딸기빙수는 경양식집에서 먹어본 파르

그리운,

폐와 더불어 빈곤했던 그 당시 내가 경험한 가장 현란한 별식이었다.

와플하우스 옆에는 삼강하우스, 거기서 길을 건너면 까치네. 삼강하우스와 까치네는 분식집이다. 이 세 가게는 삼각구도를 이루며 먹을 것을 찾아 어슬렁거리는 아이들을 버뮤다의 트라이앵글처럼 모조리 빨아들였다. 진아는 까치네 단골이었다. 우리는 주로 짬뽕라면을 주문했다. 이 세상에 라면은 삼양라면과 안성탕면이 전부인 줄 알았던 내게, 가늘게 채 썬 물오징어가 송송 들어간 그 라면은 이름만 라면일 뿐 다른 세상에서 만들어진 천상의 요리였다.

까치네는 이솝우화 풍의 깜찍한 상호와 달리 웨스턴바처럼 조명이 어두웠다. 나무 테이블은 군데군데 페인트가 벗겨지고, 탁자 위에는 빈자리 없이 낙서가 빼곡해서 어쩐지 세기말적 퇴폐미까지 물씬 풍겼다. 권태로운 표정으로 그 테이블에 가방을 툭 던지면, 왕가위 영화의 주인공이 된 것처럼 마음이 싱숭생숭해지며 라면을 집어 든 젓가락에 허세가 들어찼다.

먹고 나면 다음 순서는 옷 구경. 진아는 부잣집 딸도 아니었는데 늘 돈이 많았다. 내게 먹을 것도 잘 사주고, 유행하는 옷도 척척 샀다. 진아의 물주는 오빠였다. 진아에게는 (이론상으로만 존재하고 현실에서는 그토록 만나기 어렵다는) 여동생을 끔찍이 아끼는 오빠가 있었다. 진아 오빠는 오토바이를 타고 다니지는 않았지만, 왠지 오토바이를 타고 다닐 것처럼 보이는 인상이었다. 가죽 잠바와 징이 박힌 구두에서 예사롭지 않은 카리스마가 뿜어져 나왔는데, 여동생한테만은 어이없게도 살뜰했다. 우리가 진아 방에 모여 시시덕거리고 있는 날이면, 집에 돌아온 오빠가 '오다 주웠다' 식의 멘트를 날리고는 먹을 것을 던져주었다. 어디 오빠 없는 사람은 서러워서 살겠냐며 농담처럼 진아에게 눈을 흘겼지만, 오빠 없는 서러움만은 진심이었다.

민정의 오빠는 더 가관이었다. 민정은 4남매 중 막내였는데, 나이 차이가 많이 나는 언니 둘은 민정을 딸처럼 보살폈고, 오빠는 무슨 보물단지라도 되는 양 민정을 애지중지했다. 살성이 단단하고 태생이 근육질인 민정은 걸핏하면 제 떡대를 과시했다. 내 알통 좀 눌러보라고, 정말 돌덩이 같지 않냐고, 민정이 우람한 팔뚝에 힘을 주면, 우리는 낄낄거리며 소도 때려잡겠다고 맞장구를 쳐주었다. 그런 민정도 자기 오빠에게만은 완벽한 엄지공주였다. 수학여행이라도 가면 부모님 효자손은 안 사 와도 민정의 열쇠고리는 꼭 챙겨올 정도로 엄지공주에 대한 오빠의 사랑은 유별났다.

김동화 만화를 볼 때마다 터무니없을 정도로 완벽한 남주의 설정에 코웃음을 치곤 했는데, 민정의 오빠를 알고 나서는

그리운,

그런 만화가 실화를 바탕으로 탄생한 것이 아닐까 하는 의혹
이 생길 지경이었다. 여동생을 대하는 태도만으로도 충분히
비현실인데, 더 충격적인 것은 그가 고등학교를 졸업하고 마
치 나이 한 살을 더 먹는 것처럼 당연하게 연세대 기계공학과
로 진학해버렸다는 사실이었다. 어차피 하향지원이어서 별로
신경 쓸 일도 아니었다는 것이 민정이 전하는 오빠의 합격 후
기였다. 끝이 아니다. 민정의 오빠는 당시 내가 아는 민간인
중 가장 미남이었다. 키도 크고 피부에는 여드름이 다녀간 흔
적조차 없었다. 그런 그가 금쪽처럼 아꼈던 유일한 사람이 바
로 나와 매일 붙어 다니던 민정이었다.

  우라지게도 똑똑한 형제자매를 둔 친구들은 주변에 많았다.
진에게는 학창 시절 내내 명성을 흩뿌리다가 결국 명성에 걸
맞게 서울대에 진학한 (응팔의 성보라와 캐릭터가 겹치는) 언니
가 있었다. 아무거나 물어봐도 그 자리에서 대답해줄 수 있는
입주 과외선생이 곁에 있으면 공부가 얼마나 쉬울까. 몰라도
물어볼 사람이 없었기에 내 지식의 산에는 미제사건과도 같
은 의혹들이 처박아둔 빨래처럼 구석구석 쌓여있었다. 똑같은
교과서를 여러 번 읽는다고 새로운 단서가 튀어나오는 것이
아니었기에, 얼기설기 꿰어맞춘 내 지식들은 언제 무너져도
이상하지 않은 젠가와 비슷했다. 서울대생과 동거하는 일상은

얼마나 기능적인가. 정석의 연습문제에서 번번이 막힐 때마다 내 부러움도 폭발 직전으로 부풀어 올랐다.

　류의 언니는 디자이너를 꿈꾸는 의류학도였는데, 류를 실습 대상으로 예쁜 옷을 많이 만들어주었다. 7공주 집 막내였던 채는 여섯 명이나 되는 언니들로부터 전공과 성격에 따라 다양한 복지를 골라 누렸다. 뭐든 처음으로 겪는 일이라 당황하는 것조차 버릇이 될 지경인 나와 달리 그들의 표정은 어쩐지 늘 평화로웠다.

　스마트폰이 없던 일상에는 미세한 자포자기가 오래된 반려처럼 동행했다. 크고 작은 물음표가 불쑥 머리를 내밀곤 했지만, 어차피 해소할 길은 없었기에 대부분 알아서 소멸했다. 집에는 두 사람뿐이었다. 모든 말을 화난 목소리로 내뱉는 실향의 할머니와 일하러 나간 엄마 대신 종일 내 뒤만 쫓아다니던 다섯 살 어린 동생. 아침마다 엄마는 당부했다. 할머니 말씀 잘 듣고, 엄마 올 때까지 동생 잘 보살피라고. 그럼 나는 누가 보살펴주냐고 묻고 싶은 날이 많았지만, 그 말은 차마 입 밖으로 나오지 못했다. 어린 깜냥에도 나보다는 피곤에 찌든 엄마가 더 보살핌이 필요한 것처럼 보였기 때문이었다.

· · ·

　　　　　　　　　　　　　　　　　　　　그리운,

잠든 아들의 얼굴을 보고 있자면 '책임감'이라는 관념이 실체를 가진 물질처럼 어깨에 내려앉을 때가 있다. 모종의 절망이 찰라처럼 스쳐 간다. 아직 나 하나도 건사하기 버거운데, 내 욕심과도 정산이 덜 끝났는데….

그런 날은 아빠가 생각났다. 풍금 반주에 맞춰 안다성의 노래를 부르던 날의 아빠. 아빠는 하나도 아니고 넷이나 되는 여동생을 줄줄이 사탕처럼 매달고 그 오랜 세월을 버텨냈다. 할아버지는 일찌감치 경제활동을 접고 부양의 무게를 젊은 아빠에게 상속했다. 어쩌면 아빠도 누군가에게 묻고 싶었을지 모른다.

자신의 노동이 어째서 제 자식이 아니라, 부모의 자식을 위해 소모되어야 하는지. 젖도 떼지 못한 아이를 남겨두고 젊은 아내가 새벽부터 우윳값을 벌러 나갈 때, 왜 젊고 힘센 아버지는 동네 복덕방에서 장기나 두며 종일 여유로운지. 당연한 듯 아들의 월급봉투를 챙기는 어머니가 남편에게는 한 마디 푸념조차 없는 이유가 대체 무엇인지.

아빠에게도 해답을 검색할 구글이나 지식in이 필요했을 것이다. 생각해보니 그때의 아빠는 아직 마흔을 넘기지 않은 청춘이었다. 아직 내 속에 내가 너무도 많을 나이. 말을 잊은 사람처럼 며칠을 침묵 속에 살다가도, 술 한 잔에 다른 사람처럼 웃고 노래하던 아빠는 하나의 몸에 두 개의 영혼이 사는 것처

럼 까마득하게 이질적이었다. 그 생경함이 어색했기에 나는
그에게 끝내 다정한 딸은 되어주지 못했다.

　　그 둘은 결국 하나라는 것,
　　무겁게 입을 다문 그도,
　　미성으로 슬픔을 노래하던 그도,
　　육중한 수레를 끌며 수풀을 헤쳐가던 젊은 남자도,
　　외로움이, 자유가, 동경이 메아리치는 골짜기에서 잠시 일
탈을 꿈꾸었을 누군가도,
　　아무도 없는 바다 위에 홀로 누운 것처럼 막막했을 젊은 날
의 내 아버지였다는 것을 깨달았을 때,
　　그는 이미 그 스산한 삶의 무게를 내려놓고 홀홀 먼 길로
떠난 후였다.

그리운,

너 이런 사람일 거였어?

열일곱 소녀가 과거로부터 타임슬립하여, 서른일곱 살인 현재의 나와 만난다. 드라마 속에서 둘은 서로의 모습을 보며 동시에 경악한다.

'내가 이렇게 망나니였다니.'

'내가 이렇게 망가지다니.'

열일곱의 내가 서른일곱의 나에게 소리친다.

"야! 너 이런 사람일 거였어?"

과거형과 미래형이 융합된 한국어 특유의 혼란 시제. 드라마에서처럼 과거의 내가 지금의 나를 만난다면 어떤 생각을 할까. 낙담할 일이 한둘이 아니겠지만, 가장 큰 쇼크는 단연 이거라 확신한다.

'너, 이런 술꾼일 거였어?'

미안하다. 이럴 줄, 나도 몰랐다.

나도 몰랐다. 술과 이렇게 각별한 사이가 될 줄은.

'만약 내가 어른이 된다면'으로 시작하는 유년의 판타지 속에서 술은 중요한 항목에 들어있지 않았다. 술은 지천으로 널려 있었다. 갈망의 대상이 되려면 뭔가 짜릿한 쾌락의 향기와 삼엄한 금기가 동반되어야 할 텐데, 그 시절의 술은 둘 다 아니었다. 몇 집 건너 하나씩 가난과 알코올에 찌든 가장이 살고 있었고, 난봉을 부리지 않는 일상적 음주는 그보다 훨씬 흔했다. 술 심부름은 주로 애들이 전담했다. 돈만 있으면 초등학생도 소주를 궤짝으로 살 수 있는 환경이었다. 심지어 할머니는 사이다에 섞은 막걸리를 마실 때면 나에게도 선심 쓰듯 한 잔씩 따라주기도 했다.

우리집 술 셔틀은 나였다. 주말 오후가 되면 입이 궁금해진 고모들이 '뭐 좀 해 먹을 거 없나' 의논하는 척하다가, 매번 만장일치로 맥주판을 벌였다. 네 명이 각자 지갑에서 천 원짜리를 몇 장씩 모아 주면 나는 재빨리 가게로 달려가 맥주를 사 왔다. 술판이 벌어지면 나도 덩달아 신이 났는데, 그것은 간만에 맛있는 걸 먹을 수 있기 때문이었다.

고모들은 안주로 사라다빵을 자주 만들었다. 가늘게 채 썬

그리운,

양배추와 오이를 마요네즈에 버무려서는 무려 제과점에서 사온 식빵 사이에 끼우는 것이다. 착착착착 넓은 도마 위에서 양배추가 썰리고, 야무진 손끝이 오뚜기 마요네즈 유리병을 훑는 것을 보고 있자면, 진즉부터 입안엔 침이 고였다. 채소는 양푼 가득 푸짐했고, 그런 날은 식빵도 넉넉했다. 간식도, 외식도, 별식도 없던 출출한 일상이, 술판에 딸려온 사라다빵 하나 때문에 대번에 축제로 변신하는 순간이었다. 술은 사람을 행복하게 만드는구나. 안주에 대한 극렬한 호감이 순식간에 범주를 확장하며 자기 예언적 결론에 도달했다.

쟁반에 하얀 빵을 산처럼 쌓아놓고, 고모들은 드디어 OB 맥주의 뚜껑을 땄다.

"맥주는 역시 OB 맥주지."

"크라운 맥주로는 이 맛을 낼 수 없지."

"난 크라운 맥주는 도저히 못 먹겠다니까."

어차피 세상에 맥주라고는 OB 맥주와 크라운 맥주 둘 뿐이었는데, 그들은 아무거나 드시지 못하는 자신들의 섬세한 미각에 대해 한마디씩 우쭐대고 나서야 제 앞에 놓인 맥주잔을 들어 올렸다.

침울한 갈색 병 속에 웅크리고 있던 거품이, 잔에 술을 따르자마자 짠 하고 마술처럼 나타났다. 보리차를 닮은 온화한 빛깔의 음료는 하얀 거품을 털모자처럼 머리에 얹은 채 좁은 유리컵 표면에 송골송골 물방울을 만들었다. 고모들은 세상에서 제일 귀한 것을 만난 듯 유리컵을 조심스럽게 쥐고는 맥주를 한 모금씩 음미했다. 그들은 디오니소스 축제에 초대받은 여신들처럼 마냥 행복해 보였다. 뾰족한 수 없는 남루한 일상도, 남루한 일상 때문에 뾰족해진 마음도, 맥주 한 잔에 거품처럼 가벼워졌다.

물도 없이 꾸역꾸역 빵을 삼키다 목이 메면, 고모들이 꿀꺽꿀꺽 소리를 내며 맥주잔을 비우는 것을 바라보았다. 65도 각도로 기울어진 잔에서 마지막 한 방울의 맥주가 입속으로 빨려 들어가는 광경은 보고만 있어도 가슴이 뻥 뚫리는 것 같았다. 어쩐지 미래의 내 모습이 오버랩되는 불길한 기분을 느꼈지만, 그건 아마도 기분 탓이었을 것이다.

고1 마지막 모의고사를 망친 날. 기분이 거지 같았다. '시험을 망쳤어 오 집에 가기 싫었어' 이런 노래도 있는 걸 보면, 예나 지금이나 시험을 망친 자들은 대체로 집에 가기 싫어하는 모양이다. 진아가 자기 집에 가자고 했다. 부모님이 함께 가게를 하셔서 진아의 집은 늘 비어 있었다. 진아는 킬킬거리며 허세 넘치게 얘기했다.

"기분도 꿀꿀한데, 우리 술이나 한잔할까?"

"우악! 술이라고? 집에 술이 있다고?"

그리운,

기분도 그런데, 술이나 한잔하자니… 어쩐지 귀에 착착 감기는 것이 이다음에 내가 자주 입에 달고 살 것 같은 멘트였다. (역시 기분 탓이겠지.) 시험은 단박에 관심 밖으로 밀려났다. 암담하던 마음도 대범해졌다. 지금은 그런 조잡스러운 일에 연연할 때가 아니었다.

자물쇠로 잠가두었던 진아의 서랍 속에서 튀어나온 것은 진로도 아닌 심지어 캡틴큐였다. 오빠 책꽂이에서 뽀린 거라고 했다. 이건 아이엠그라운드 자기소개하기의 터줏대감이 아닌가. 럼~ 캡틴 큐, 소리와 함께 해적 선장의 애꾸눈 가리개가 날아가 버리던! 그 작은 병의 등장으로 인해, 방 안에는 카리브해의 향취와 낭만이 가득 찼다.

우리는 검은 봉다리에 사 들고 온 떡튀순을 한 상 차려놓고 떨리는 마음으로 뚜껑을 땄다. 어디서 본 건 있어가지고 진아가 냉큼 뛰어가 커다란 컵에 얼음을 담아왔다. 얼음이 10개쯤 담긴 컵에 술을 10밀리리터 정도 따랐다. 플라스틱을 녹인 것 같은 묘한 화학약품 냄새가 번졌다. 웬지 사람이 음용할 수 있는 음료라기보다는 다른 용도로 사용되는 시약에 더 어울리는 향기였다. 소심한 우리는 5분이 넘도록 얼음 컵을 상모 돌리듯 뱅뱅 돌리기만 했다.

집에 양주를 마시는 사람은 없었다. 양주는 TV 속 소품이었다. 그즈음 가장 양주를 많이 마시는 사람은 드라마 〈사랑과 야망〉의 차화연이었다. 시험 기간에도 본방을 사수하게 만들던 중독성 짙은 드라마. 극 중에서 미자 역할의 차화연은 대체로 기분이 안 좋았는데, 그럴 때마다 유리컵에 양주를 따라 마시며 울부짖었다. 첫사랑과 결혼했고, 남편도, 자신도 성공했지만, 그녀는 매일 불행했다. 저렇게 예쁘고 저렇게 좋은 집에 사는데, 뭐가 그렇게 우울할까…. 미자에게 필요한 것은 위로와 존중이었지만, 아무도 그걸 주지 않아서 미자는 양주를 마셨다. 양주는 서러움의 메타포였다.

최고의 여배우가 된 미자도 예뻤고, 그녀가 매일 들고 흔들어 마시는 위스키 온 더 블록도 멋졌으며, 술만 마시면 어마어마한 텐션을 올리는 그녀의 비아냥거리는 화법도 기가 막혔다. 미자에게는 나 같은 잔챙이가 가늠할 수 없는 중첩된 고독이 서려 있었다. 침착한 표정으로 위스키를 홀짝거리다가, 느닷없이 벽에 잔을 던져 깨뜨리는 과단성에는 간담이 다 서늘해질 지경이었다. 먼 미래에 굉장히 빡치는 일이 생기면 한 번쯤 흉내 내보고 싶은 장면이었다.

유리잔에서 딸그락거리는 얼음을 보고 있자니 갑자기 여배우라도 된 것처럼 기분이 묘했다. 공허한 눈빛으로 얼음 잔을 휘휘 돌리다가, 안주도 없이 깡술을 홀짝거리다 보면 나에게도 그녀처럼 고급진 슬픔이 찾아오지 않을까…. 나는 슬픔마저도 궁핍해서 기분이 가라앉을 때면 다른 사람의 눈에 띄지

그리운,

않도록 방구석 같은 곳에 찌그러져 있는 스타일이었다. 양주가 든 유리컵을 쥐고 있으니, 내 구질구질한 슬픔도 드라마처럼 분장이 가능할 것 같았다.

시간이 지날수록 얼음은 크기가 줄어들고 술은 점점 엷어져, 결국 얼음 맛 술인지 술맛 얼음인지 구별할 수 없는 지경에 이르렀다. 이 정도라면 원샷도 가능했다.

"기분도 꿀꿀한데, 우리 원샷할까?"

"캬~ 한 세트 더."

진아가 다시 얼음을 채워오고 그 위에 또 캡틴큐 10밀리리터를 부었다. 나는 또다시 그 아련한 슬픔을 기다린다. 이번에도 기다리던 슬픔은 오지 않고 얼음만 점점 작아졌다. 다시 술맛 얼음.

"캬~ 한 세트 더."

드디어 조금씩 알코올이 기분을 건드리는 것이 느껴졌다.

'니가 뭘 알아! 도대체 니가 나에 대해 뭘 아느냐구!' 아무한테라도 차화연처럼 소리치고 싶었다. 온전한 정신으로는 감히 입 밖에 낼 수도 없는 민망한 대사지만, 한잔 걸친 고독녀에게 이보다 어울리는 말도 없을 듯싶었다. 찰랑찰랑한 슬립 가운을 걸치지 못한 것이 못내 아쉽긴 했지만, 양주의 힘을 빌려서라면 미자만큼 쓸쓸한 내 일상에도 미자처럼 현란한 냉소를 쏘아줄 수 있을 것 같았다.

울고 싶었는데, 울부짖고 싶었는데… 어쩐지 눈물은 안 나오고, 피식피식 웃음이 터지기 시작했다. 슬픔은커녕 온몸의 맥아리가 촥~ 풀리면서 정체를 알 수 없는 행복이 손가락 말단까지 살금살금 번져갔다. 난데없이 기분이 둥실둥실 떠올랐다. 이게 아닌데? 양주는 고독이고, 양주는 슬픔인데! 캡틴큐는 양주로 안 친다더니 이래서 그런 것이었던가.

벼르고 있는 냉소와 환멸은 찾아올 기미도 없고, 우리는 점점 이유 없이 기분이 좋아졌다. 입을 틀어막아도 자꾸 피식거리며 웃음이 터졌다. 곁에 앉은 진아가 차화연처럼 예뻐 보였다. 망친 모의고사 따위는 안중에도 없었다. 시험 좀 못 보면 어쩌랴. 나에게는 이렇게 소중한 친구가 옆에 있는데. 진아야, 너밖에 없다. 부모형제는 다 어디 가고 이 세상에 진아밖에 없다는 것인지 모르지만, 나는 계속 너밖에 없다며 부담스러운 고백을 연발했다. 진아도 상태가 비슷했다. 야! 나도 너밖에 없어. 캬~ 역시 너밖에 없어.

술을 마시면 슬퍼지는 사람이 있고, 반대로 한없이 행복해지는 사람이 있다던데, 아무래도 우리는 후자인 것이 분명했다. 캐리비안 해적의 호방함을 마신 듯 우리는 떡볶이 국물에 불어 터진 왕 김말이를 한가득 입에 물고, 연신 너밖에 없다면서 깔깔거렸다.

그리운,

고2 수학여행, 밤이 깊어 선생들의 감시가 뜸해지자 드디어 우리는 한 방에 모였다. 고만고만한 소심둥이들의 기획인지라, 모이긴 했지만 다들 쭈뼛거렸다. 용감한 진아가 제일 먼저 숨겨온 소주병을 꺼냈다. 진아를 시작으로, 다들 가방 맨 밑바닥에 깔린 술병을 뒤적뒤적 찾았다. 우리 반 최고의 순딩이 미영은 겁에 질려, 어우야, 어우야를 반복하면서 자꾸 문 쪽을 돌아보았다. 슬근슬근 꺼낸 술이 탁자에 쌓였다. 이제부터 뭘 어째야 할지 모른 채 우리는 심하게 흔들리는 눈동자로 서로의 눈치만 살피고 있었다.

마침내 반장 경숙이 리더십을 발휘했다. 쫄아 붙은 우리를 도발적인 눈초리로 쏘아보더니, 과감하게 한 병을 깐 것이다. 그러고는 종이컵에 소주를 반의반의반의반 잔정도 따라 모두에게 돌렸다. 원샷! 원샷을 하고 싶지 않아도 구조적으로 꺾어 마시기가 불가능한 분량이었다.

어쨌거나 원샷이라는 샤우팅의 임팩트는 커서, 다들 자랑차게 머리 위에 컵을 털었다. 그러고는 얌전히 대기했다. 향정신성 음료를 마셨으니, 정신에 영향을 줄 누군가가 똑똑 머리를 노크하기를 기다린 것이다. 그러나 의외로 아무도 찾아오지 않았다. 너무 미량이라 무시당한 것이 분명했다.

그 와중에도 맛이 이상해 구역질이 나서 도저히 못 먹겠다는 몇 명이 먼저 포기를 선언했다. 자고로 기권하며 수건을 던지는 자의 등장만큼 남은 자의 '센 척' 본능을 자극하는 것이 또 어디 있단 말인가. 다시 한 바퀴를 돌렸다. 이번에는 반의 반의반 정도. 원샷.

누군가 괜히 키득거리기 시작했다. 한 모금도 안 되는 소주에 죠리퐁 반 봉지를 안주로 마신 혜원이 자긴 마실 만큼 마셨다면서 먼저 침대에 쓰러졌다. 다시 한 바퀴. 이번에는 좀 더 과감하게 컵의 반의반. 마침내 최종적으로 술판에 남은 사람은 진아, 반장, 나 그리고 제일 먼저 나가떨어질 줄 알았던 순딩이 미영, 이렇게 넷이었다.

고수들의 판에서는 더 이상 술을 계량하지 않았다. 어차피 밤은 길었고, 아이들이 쾌척한 술은 한참이나 쌓여 있었다. 우리 넷은 이렇게 말술을 마셨는데도 생각보다 괜찮다면서, 새롭게 발견한 술꾼의 자아에 반해 각자 제 머리를 쓰다듬고 있었다. 겁에 질려 수백 번 문 쪽을 살피던 미영이 '오늘 밤 누구도 자기 없기'를 선언했고, 형님 리더십을 뽐내던 반장은 그런 미영이 귀여워 죽겠다는 듯 히죽거렸다. 나로 말할 것 같으면 몇 대에 걸쳐 꾸준히 알코올 중독자를 배출한 친가의 유전자가 본격적으로 저력을 발휘하는 것 같았다. 정말 아무런 느낌이 없었다.

입으로는 아무 느낌이 없다고 서로 으스대면서, 라디오의 볼륨 다이얼을 오른쪽으로 돌리듯 목소리는 조금씩 커졌다.

그리운,

갑자기 미영이 심각한 표정으로 이야기를 시작하는 바람에 우리는 일제히 말을 멈췄다.

"너희 만주가 누구 건지 알아?"

"갑자기 웬 만주? 고속도로 휴게소에서 파는 밤만주?"

"누가 만주 싸 왔어? 안주로 먹게 꺼내 봐."

"근데 누가 미영이 밤만주 훔쳐 먹었냐?"

미영이 신경질적으로 말을 끊었다.

"야아아아앗!! 밤만주 말고, 그냥 만주. 만주가 누구 땅인지 아냐구!"

"그 만주? 쩌어기 위쪽에서 조상들이 말 달리던, 만주족 할 때 그 만주?"

"청나라!"

"누르하치!"

"변발!"

제 버릇 개 못 준다고, 반장이 잘난 척을 시작하자, 저마다 한 마디씩 만주와 관련된 알량한 상식을 끌어모았다.

"만주족!"

"거란!"

"금나라!"

"바보야, 금나라는 여진이야."

"여진도 만주족 아냐?"

얘기가 점점 산으로 가자, 듣고 있던 미영이 갑자기 울부짖기 시작했다.

"만주는 우리 땅인데 병신같이 뺏겼어. 만주는 우리 땅인데… 꺽꺽."

리콜 당한 급발진 차량처럼 미영이 큰 소리로 오열하기 시작했다. 웃기에는 미영의 서러움이 너무 대대적이었고, 같이 울기에는 아무리 술김이라지만 화제가 너무 생뚱맞았다. 나는 연상 게임이 내 앞에서 멈춘 바람에, 만주에 대한 연관 개념을 생각해내느라 승부욕의 심지에 불을 붙이려던 참이었다. 갑자기 미영이 또 소리를 질렀다.

"너희들, 토끼가 누구 건지 알아?"

앗, 깜짝이야, 토끼는 또 무엇일까? 두 번은 속을 수 없다는 경계심을 날 세우며, 아이들은 아무도 섣불리 입을 열지 않았다. 그렇다면 토끼는 설마 한반도?

"빙신아, 그건 식민사관이야. 한반도는 호랑이지!"

아이들 사이에 애국심이 불끈 솟을 무렵, 미영이 불현듯 침착한 목소리로 이야기를 시작했다.

"내가 어렸을 때였어. 할머니가 새끼 토끼를 사 줘서 그걸 마당에 키웠었지. 정말 귀여웠는데…. 근데 어느 날 우리 엄마가 나한테 묻지도 않고 그걸 어디에 가져다 버린 거야. 공부할 시간에 토끼나 들여다보고 있는다구… 나한테 묻지도 않고.

그리운,

내 토낀데… 자기 것도 아니면서, 자기 맘대로 버리고… 내 토
낀데…."

미영의 두 눈에서는 토끼 똥 같은 눈물이 뚝뚝 떨어졌다. 미
영의 엄마는 우리도 다 아는 무서운 분이셨다. 미영이 집에 전
화를 걸면, 미영이 엄마는 매번 사나운 목소리로 다그쳤다.

"미영이 지금 공부하는데, 미영이는 왜 찾아? 넌 누구야? 왜
걸었어? 엉?"

그저 미영이와 잠깐 통화를 하고 싶었을 뿐인데, 그녀에게
매서운 추궁을 당하고 나면, 혹시 좀 전에 내가 '당신 딸을 납
치했다' 정도의 헛소리를 지껄인 것은 아닌가 혼란스러울 지
경이었다.

"엄마 때문에, 엄마 때문에…."

미영은 몸속의 배관이 터진 것처럼 쉼 없이 눈물을 쏟았다.
비웃기에는 미영의 슬픔이 너무 절절했고, 같이 울기에는 아
무리 생각해도 명분이 부족했다. 허니 멀뚱히 서로 얼굴만 쳐
다보는 수밖에.

이번에도 사태를 정리한 것은 반장이었다. 아이들의 난장판
에는 이골이 난 듯, 반장은 우리를 한심한 듯 쳐다보더니 괄괄
한 목소리로 소리쳤다.

"참 내, 대체 뭔 소리야."

반장의 윽박에 잠깐 움찔하던 미영은, 경숙이 만주 땅을 침

범한 오랑캐라도 되는 듯 두 눈에 이글이글 반항심을 담아 절규했다.

"만주는 우리 땅이고, 토끼는 내 거야~~~~."

도대체 따라잡기가 불가능한 폭주였다. 반장이 다시 한번 소리쳤다.

"미친년 지랄하네."

경숙의 일갈에 모든 것이 선명해졌다. 이것은 바로 한잔하신 미친년이 지랄을 하고 있는 광경이었다. 명징한 상황정리 덕에 혼동은 사라지고 우리에게 다시 평화가 찾아왔다. 우리는 큭큭 소리를 죽인 채 웃으며 미영의 등을 토닥였다.

"그래그래, 만주는 우리꺼지. 토끼는 니꺼고. 소유권이 분명해졌으니 그 기념으로 한 잔씩 돌렷!"

이제는 다들 거나하게 술이 올라, 손을 달달 떨지 않고도 종이컵에 소주를 콸콸 잘도 따랐다. 그런데 한창 흥이 올라 깔깔거리던 진아가 갑자기 미영의 손을 잡고 울기 시작했다. 아무리 그래도 만주는 되찾아야 하는 거 아니냐며, 만주는 정말 우리 땅이라고… 겨우 틀어막았던 미영의 수도꼭지가 다시 터졌다.

"그것 봐. 내가 뭐랬어. 이제 너희들도 내 마음 알겠지?"

미영과 진아가 얼싸안고 서러움에 흐느끼는 것을 보고 있자니, 어쩐지 나도 울컥했다. 만주를 빼앗긴 것이 너무 억울

그리운,

했다. 하지만 나는 침을 꼴깍이며 억지로 눈물을 삼켰다. 술 김에도 이건 앞으로 50년은 놀려먹을 각이라는 감이 왔기 때문이다.

우아한 히피처럼

그 얘기만 시작하면 무용 선생은 표정이 돌변했다. 잠깐 상상만 한 것으로도 불쾌감이 치솟는 모양이었다. 화딱지가 나서 못 참겠다는 듯 말은 점점 빨라지고, 목소리도 한 옥타브 올라갔다.

"내 참 어이가 없어서… 어제 공원에서 웬 여학생이 이러고 있더라. 이러고."

시범을 보이기 위해 무용은 의자에 앉아 다리를 쩍 벌렸다. 비주얼 쇼크가 교실을 덮쳤다.

"어떠니? 보기에 괜찮니? 너희들 이것만은 평생 명심해야 한다. 여자는 앉은 자세 하나만 봐도 어떤 사람인지 자동으로 알 수 있어. 다리를 가지런히 모으고 조신하게 앉은 여성은 얼

그리운,

마나 아름답니? 내면도 앉은 자세처럼 단정하겠지. 반대로 무신경하게 두 다리를 쩍 벌리고 앉은 여성은? 아유, 얘들아, 난 생각만 해도 끔찍하다."

앉은 자세에 대한 무용의 집착은 종교에 가까웠다. 갓 입학한 우리들의 몰골이 그녀에게 어떤 위기감을 조성한 모양이었다. 1학기 내내 그녀는 일단 조신하게 앉는 방법을 강조한 후에야, 비로소 본 수업을 시작했다. 17년 인생 동안 앉는 자세가 이토록 중요한 줄 추호도 몰랐던 우리는 다들 꺼벙한 표정으로 눈만 껌뻑거렸다. 교탁 앞에 투명 방음벽이라도 있는 것처럼 자신의 말이 허공에서 머리를 박고 추락하자 무용의 조급증은 점점 심해졌다.

"희성아, 너는 머리 좀 길러야겠다. 너 무슨 불만 있니?"

몸무게가 70킬로그램이 넘는 희성은 이발소에서 머리를 깎았다. 어릴 때부터 오빠들이랑 같은 이발소를 다녔는데, 이제는 너무 익숙해서 다른 곳은 싫다는 것이다. 희성이 머리를 깎고 올 때마다 군대 가냐고 애들이 놀렸지만, 희성은 그저 히죽거리고는 그만이었다. 덩치도 큰 데다가, 오빠 옷을 물려 입을 때가 많아서 멀리서 보면 꼭 남학생 같았다. 무용이 보기에는 최악이었다.

개코원숭이처럼 까불거리는 신입생들을 우아한 여고생으

로 만드는 것이 이 학교에서 무용 선생이 짊어진 사명이자 소명이었다. 짐승을 사람으로 만드는 과정인지라 오프닝 레슨은 '앉기'부터 시작되었지만 개코원숭이답게 교관의 말을 다들 개코로 여기는 통에, 수업 때마다 철창을 두드리며 흥분하는 쪽은 우리가 아니라 오히려 무용이었다. '우아함'은 우리가 도달해야 할 궁극의 진이고 선이고 미였다. 대관절 어디서부터 시작해야 하나…. 우리를 볼 때마다 그녀의 얼굴이 썩어들어갔는데, 그날따라 뒷자리에서 굼실거리는 상고머리 희성이 거슬렸던 것이다.

"여자는 어디에 앉든 두 다리가 자석처럼 착 달라붙어야 해. 다리를 벌리고 앉아 있는 여성을 보고 사람들이 무슨 생각을 하겠어? 못 배워 먹었다, 칠칠맞다, 조신하지 못하다, 무례하다, 멍청하다, 이건 아닌가? 암튼 무조건 최악이야. 알겠니?"

눈앞에 되바라진 표정의 쩍벌녀가 앉아 있기라도 한 듯 그녀의 울화통은 터지기 직전으로 부풀어 올랐다.

"머리로 외우려 하지 말고, 몸이 기억하도록 습관이 되어야지. 그럼 다 같이 연습해볼까?"

선생은 앞에 의자 하나를 꺼내놓고, 올바른 앉기 자세를 보여주었다. 의자에 엉덩이를 내려놓는 것과 동시에 두 개의 길고 가는 다리가 쪼개지기 전의 나무젓가락처럼 냉큼 하나로

그리운,

융합되었다. 과연 우아하고 아름다웠다. 모은 다리가 좀이 쑤시면 두 다리를 붙인 채 옆으로 10센티미터 정도만 비스듬하게 배치해도 그건 그것대로 예쁘다면서 실전 꿀팁까지 일러주었다.

우리는 교관의 시범을 곁눈질해가며 열심히 자세를 따라 해보았다. 그깟 다리만 모으면 인성도, 교양도, 심지어 지능과 학식까지 인증해준다는데, 그 정도라면 투자할 가치가 충분했다. 무용의 주장에 따르면 그 혐오스러운 자세는 주로 방만함이나 반항심 같은 우리의 마음가짐에서 비롯되는 것이었다. 득도를 바라는 것도 아니고 내적 수련을 통해 꿈꾸는 것이 고작 내 다리 한 쌍을 붙이는 것이 전부라니, 어쩐지 남는 장사를 하는 기분마저 들었다. 그런데 그게… 생각보다 쉽지 않았다. 그녀가 다리를 모으는 모습은 오른손으로 찻잔을 들어 올리는 것처럼 자연스러운데, 내가 다리를 모으려니 여간 힘이 드는 것이 아니었다.

며칠 고민한 끝에 나는 드디어 그 이유를 알아냈다. 여기에는 선생이 모르는 구조적 문제가 숨어 있었다. 첫 번째는 다리의 길이였다. 다리가 짧은 아이들은 의자에 앉았을 때, 발꿈치가 바닥에 닿지 않았다. 허벅지에서 90도 각도로 무릎을 굽히면 발이 허공에 떠서, 발꿈치를 바닥에 붙이고 싶으면 엉덩이를 앞으로 내밀면서 다리를 쭉 펴야 했다. (우아함은커녕 시비 걸러 온 빚쟁이의 자세!) 등받이에 등허리를 붙인 채 각 잡고 앉으면 무릎을 기점으로 양다리가 의자 아래로 덜렁거리는데, 그 조건에서 발바닥의 지지 없이 오직 무릎의 근력만으로 발목을 붙이기란 쉽지 않았다.

두 번째는 기하학적 모순에 해당되는 문제였다. 우리 중에는 허벅지나 팔뚝을 중심으로 지방을 불러 모아 미쉐린 타이어 마스코트처럼 변해가는 아이들이 많았다. 정면에서 바라본 다리의 단면도는 역사다리꼴. 그 상태에서 무릎과 발목을 떼지 말라는 것은 역사다리꼴의 두 도형을 나란히 붙여 직사각형을 만들라는 것만큼 불가능한 요청이었다. 이것은 피타고라스도 풀어낼 수 없는 기하학적 난제에 해당했다. 방법은 단 한 가지, 두 허벅지의 접촉면을 완력으로 밀어서 일시적으로 다리를 직각 사다리꼴로 만드는 것뿐이었다. 몇 초 이상 버티지 못하고 종아리에 쥐가 난다는 점이 흠이라면 흠이었다.

나는 이 두 가지 모두에 해당했다. 두 무릎을 붙이면 허벅지 앞쪽에서 통증이 시작되었고, 연이어 바닥에 닿지 않은 짧은 다리에 부들부들 경련이 일었다. 무용에 적합한 학다리로 평생을 살아온 그녀로서는 상상조차 해본 적 없는 문제였던 것이다. 그러니 몹시 억울했다. 짧고 굵은 다리도 서러운데, 마음가짐이 글러먹었다는 오해까지 받으니 말이다. 왜 너는 그렇게 못생겼니? 인성에 문제 있니? 뭐 이런 느낌이랄까….

그리운,

어쨌거나 앉는 자세가 여고생의 자격시험이라도 되는 것처럼 하도 잔소리를 듣다 보니, 앉은 것으로 남에게 피해를 주지 않으려 신경 쓰는 수준에는 도달했다. 지금도 지하철에서 좌석 두 칸을 차지하고 다리를 쩍 벌린 민폐남, 민폐녀를 만나면 이유를 불문하고 일단 화딱지가 난다. 머리보다 몸이 기억해야 한다는 그녀의 주문이 아직도 힘을 발휘하는 모양이다.

여고생은 우아해야 한다는 명제는 무용에게 진리고 정의였다. 교복을 입지 않았던 우리는 다이너마이트를 몸에 두른 테러범처럼 간단하게 그녀를 열폭시킬 수 있었다. 어떻게든 옷으로라도 튀어보고 싶었던 나나는 무용한테 욕을 먹은 이후, '모난 돌이 정 맞는다'는 속담의 의미를 뼈저리게 실감했다고 했다. 날티 나는 신상을 좋아했던 종아는 '그렇게 옷에 신경 쓸 시간에 영어 단어라도 하나 더 외우라'는 핀잔을 들었고, 반대로 1년 내내 엉덩이 반질반질한 추리닝만 입고 다니던 영실은 '넌 옷이 그거밖에 없냐'는 눈총을 받았다.
그녀가 가장 질색했던 것은 단연 밀리터리룩이었다. 깔깔이 잠바나 개구리 문양이 들어간 카고바지 같은 것을 입고 왔다가 하필 기분이 언짢은 날의 무용에게 잘못 걸리기라도 하면 3년 동안 먹을 욕을 하루에 몰아서 폭식하는 기염을 토할 수 있었다. 그들은 그녀가 교주로 군림하는 우아교의 성지에 불을 지른 미개인이었다.

천 명도 넘는 전교생을 일일이 말로 단속하기 어려웠기에 우아교 신도들에게도 지켜야 할 의무가 주어졌다. 애국조회 때는 무조건 스커트를 입으라는 것이었다. 매일 기도를 하다 보면 부실했던 신앙심이 저절로 차오르듯이, 일주일에 한 번이라도 스커트를 입는 연습을 하다 보면 어느 순간, '어? 이런 옷이 왜 이렇게 편하지?' 하면서 내면 깊숙한 곳에 찌그러져 있던 숙녀의 자아와 조우할 것이라는 믿음이었다. 행동의 교정을 통해서 죄 많은 마음을 다스리겠다는 전략이었다.

하지만 태어나서 한 번도 치마 따위를 입고 학교에 가본 적 없는 나 같은 아이들에게 그것은 도저히 순종할 수 없는 명령이었다. 그렇다고 교칙을 어길 수는 없었기에, 나는 집 안의 장롱을 뒤져 주인을 알 수 없는 치마 하나를 찾아냈다. 사물함에 처박아두고 조회 때만 갈아입기로 한 것이다. 아이들의 머릿속에서 나올 수 있는 잔꾀라는 것이 다 비슷해서, 얼마 지나지 않아 우리는 모두 월요일의 스커트 하나씩을 보유하게 되었다.

언제 유행했던 것인지 알 수 없고, 길이와 무늬도 제각각인 낡은 치마들이 어느 집 장롱을 탈출해 속속들이 강당으로 모여들었다. 월요일마다 벼룩시장이 열리는 기분이었다. 일주일간 사물함에 처박혀 있던 옷들은 예민한 소설가가 구겨버린

그리운,

원고지처럼 꼬깃꼬깃했고, 생전 빨지 않은 탓에 치맛자락을 펄럭일 때마다 수백 개의 농축된 땀 냄새가 밀폐된 강당을 떠돌았다. 상하의 어울림을 고려하지 않은 채 불쑥 끼어든 치마 덕분에 월요일마다 강당은 전국 패션 테러리스트들의 정모가 개최된 만남의 광장으로 돌변했다.

폭넓은 주름치마 위에 삼성 라이온즈 야구잠바를 입고 온 K가 타이트스커트 아래 농구화를 신은 S를 보며 깔깔거렸다. P가 그 둘을 비웃으며 손가락질을 할 때마다 야상 잠바 아래로 개더 스커트의 레이스가 하늘거렸다. 진정한 믹스매치의 탄생이었다.

월요일마다 우리는 그토록 자유로웠다. 우아한 히피처럼.

데우스 엑스 마키나

우리 때 최상급을 표현하는 부사는 단연 '대빵'이었다. 동의어는 '캡(숑)'. 어느 오렌지주스 CF가 히트를 치면서 어원을 브라질에 두고 있는 '따봉'이라는 말도 급부상했다. 마이너하게는 '대끼리'도 있었다. 뭐든 최고는 다 캡숑 아니면 대빵이었다. 요즘 말로 번역하면 접두사 '개'쯤 되겠다. 캡숑 맛있어. 개맛있어. 대빵 멋있어. 개멋있어.

강도 높은 욕은 입에 올리기에 저항감이 있어서, 친구들에 대한 범용 비칭은 '빙신아' 정도가 적합했다. '거봐, 빙신아, 내 말이 맞다니까.' 병신은 저열하고, 등신은 올드하다. 빙신이 최적의 어휘였다.

사람의 말도 생로병사가 있어서 시간의 흐름에 따라 변화

그리운,

를 거듭한다. 하지만 시간의 풍화작용에서 빗겨 난 말도 있다. '재수 없어.' 그때도 비난의 시작과 끝은 이거였다. '재수 없어.' 이 말의 힘은 여전히 유효하다. 아직도 아이들은 열 받는 일이 있으면, 대상을 가리지 않고 일단 내뱉는다. 'IC 재수 없어.'

당시 우리는 타오르는 태양도 날아가는 저 새도 다 모두 다 사랑해버리는 금사빠였던 동시에, 먼지 같은 일에도 속앓이를 거듭하는 좁쌀과 종지의 요정이었다. 요정의 학교는 1교시에 흐렸다가, 2교시에 맑았고, 3교시에는 폭우가 내렸다.

좋아하는 고기와 싫어하는 멸치(혹은 반대!)를 한데 넣고 끓인 잡탕찌개처럼 교실은 베프와 재수떼기가 섞인 거대한 냄비와 같았다. 그 어지러운 냄비를 이리저리 뒤적거리며 우리는 제 입맛에 맞는 자들만 앞접시에 골라 담고는 평생을 이어갈 우정을 만들었다. 버섯이 싫다고 냄비 밖으로 골라 버릴 권리는 없었다. 우리 중에는 버섯 마니아도 많았기 때문이다. '싫어함'이나 '미워함'을 '친한 것은 아님' 정도로 드러내는 것이 누구나 지켜야 할 식탁의 매너였다.

저마다 마음속에 자기만의 재수떼기가 숨어 있었지만, 비호감의 찬 기운은 항상 호감의 온기를 능가했기에, 위험한 본심에 누군가 상하지 않도록 마음을 갈무리하는 것도 잊지 않았

224

다. 비밀은 불량 폭탄과 비슷해서 종종 안전핀이 빠지는 불상
사가 벌어지기도 했기 때문이다.

어느 날 이미나가 그 핀을 뽑았다. 대상은 나였다. 그녀는
가만히 있는 내게 도발을 감행했다.

"재수 없어."

폭탄이 터진 것이다. 하지만 왜?

흥미진진한 일이 벌어질 것 같은 기미를 느꼈는지, 앞뒤 좌
우의 눈동자들이 일제히 우리 둘에게 쏠렸다. 이미나는 방금
내가 자기를 쳐다본 표정에 몹시 기분이 나빴다면서, 더는 못
참겠다고 소리를 꽥 질렀다. 또 시작이군. 아이들이 곧 흥미를
잃고 흩어졌다.

이미나의 예민함은 유별났다. 세상 공부는 저 혼자 다 하는
것처럼 주변 사람들에게 신경질을 부렸다. 자습시간에 어디
서 소곤대는 소리라도 들리면, 갑자기 주먹으로 책상을 쾅 내
리쳐서 애먼 아이들의 집중력까지 가루로 만들었다. 신분이
일시적으로 수직 상승하여 1년간 상전 노릇을 할 수 있는 유
일한 시기가 고3이라지만, 그래봤자 그 우쭈쭈 대접도 제 식
구들한테나 유효한 것이지, 이렇게 피차일반인 자들한테까지
유세하는 것은 해괴한 일이었다.

아이들은 똥이 무서워서 피하는 것이 아닌 것과 동일한 심
정으로 이미나를 대했다. 언젠가 민주가 이미나를 건드렸다가

그리운,

무기력하게 당했던 기억이 생생해서였다. 그날 민주는 이미나에게 그저 사소한 질문 하나를 던졌을 뿐이었다.

"정말 궁금해서 그러는데, 주중에 한 번만 더 머리를 감는 것은 아무래도 불가능한 거야?"

이미나는 일주일에 한 번 머리를 감는 것으로 추정되었다. 목욕탕이 교회도 아닌데, 주말에 목욕탕을 다녀오고 나면 그 상태로 다음 주말까지 버티는 것이다. 찰랑거리던 그녀의 숏 커트 헤어는 월요일에서 멀어짐에 따라 합종연횡을 거듭하는 대륙의 오랑캐처럼 조금씩 한 덩어리로 변해갔다.

수요일에서 목요일 사이에는 플라스틱 머리띠가 등장했다. 오일 코팅으로 점성이 높아가는 머리카락이 이마에 달라붙는 불상사를 방지하기 위함이었다. 주먹으로 방죽을 막은 네덜란드 소년처럼 머리띠는 쏟아져 내리는 앞머리와 살가죽의 접촉을 필사적으로 방어했다. 금요일에서 토요일로 넘어가면 사태는 또 다른 국면으로 접어들었다. 함박눈이 소복소복 이미나의 어깨에 내려앉기 시작하는 것이다. 이미나~ 누가 뒤에서 이름이라도 부르면, 고개를 획 돌릴 때마다 하얀 가루가 허공에 흩날려 시야가 부옇게 가려질 지경이었다. 미나의 뒷자리였던 민주는 그럴 때마다 기겁하고 반사적으로 몸을 피했다.

민주의 절박한 질문에, 이미나는 태어나서 그렇게 한심한 말은 처음 듣는다는 표정으로 눈을 치떴다.

"야! 고3이 누가 그렇게 머리를 자주 감아? 머리가 중요해, 대학이 중요해? 대학에서 깔끔한 순서로 학생을 뽑는대? 넌 아주 시간이 많은가 보다? 그리고 내가 머리를 감든 말든 너 랑 무슨 상관이야? 참 내, 재수 없어."

흥분한 이미나가 턱을 위아래로 흔들며 쏘아대는 바람에 다시 허공에서 눈이 내렸다. 할 말을 마친 이미나가 광속으로 고개를 팩 돌리는 순간, 민주는 얼른 책상을 뒤로 뺐다.

그 이미나가 이번에는 나를 저격한 것이다. 나는 깜짝 놀랐 다. 이미나의 열폭으로 인해, 나는 비로소 내 표정이 어땠는지 분명하게 깨달았다. 그랬다. 나는 그때, 아니 언젠가부터 이미 나에게 차마 입밖에 끄집어낼 수 없던 그 말을 표정으로 외치 고 있었던 것이다. 너, 재수 없다고.

하지만 내가 이미나를 싫어했던 이유는 잘 안 씻어서도 아 니고, 공부로 유난을 떨어서도 아니었다. 진짜 이유는 따로 있 었다. 신 선생 때문이었다.

신 선생은 우리 학교의 일타 강사였다. 우리 학교뿐만 아니 라 영어 과목에 있어 전국적 스타였다. 그는 우리나라 양대 사 설 모의고사 한 곳의 문제 출제위원이었고, 모든 아이들이 한 권씩은 갖고 있는 영어 참고서의 저자였다.

장구한 학교의 역사처럼 교사의 평균 연령도 고령화되어가던 우리 학교에서 그의 수업은 군계일학과도 같은 명강의였다. 수업만 듣고 있으면 개념 이해는 물론이요, 암기까지 자동으로 완성되는 마법이 펼쳐졌다. 대형학원으로부터 스카우트 제의가 빗발친다는데, 어째서 그가 이 학교를 떠나지 않는지 신기할 따름이었다. 어쨌거나 신 선생은 캄캄한 영어의 동굴에서 해방의 출구를 일러주는 한 줄기 빛과도 같았다. 신 선생의 수업을 듣고 있으면, 존경-경탄-탄복 같은 단어들이 끝말잇기마냥 꼬리를 물고 터져 나왔다. 탁월한 사람에게 무조건 반하고 마는 나의 취향에 완벽하게 들어맞는 사람이었다.

하지만 그의 수업에는 도저히 납득하기 어려운 점이 하나 있었다. 자, 이건 뭘까? 교사가 질문하고, 학생이 대답하는 문답식 수업에서, 신 선생이 호명하는 학생이 우리 반에서 오직 두 명뿐이라는 사실이었다. 박해경과 이미나가 그들이었다.

주번을 찾거나 출석번호를 부르는 법도 없었다. 그가 던진 질문 중 절반은 박해경이, 절반은 이미나가 대답했다. 60명 중 58명은 블러 처리에 음소거가 되고, 박해경과 이미나와 신 선생만 움직이는 편집 필름을 보는 것 같았다. 정답을 알고 있는 다른 아이가 신나는 목소리로 대답을 해도, 신 선생은 아무것도 들리지 않는다는 표정으로 다시 한번 둘에게 답을 물었다. 어쩐지 나는 장지문 밖에서 귀동냥으로 천자문을 익히는 서당 머슴이 된 기분이었다.

하지만 다른 애들은 지목과 망신을 연쇄적으로 경험할 가능성이 없다는 이유로 신 선생의 파행을 옹호했다. 나는 시간이 갈수록 이 요상한 풍경에 마음이 불편해졌는데, 나의 불만에 공감해주는 사람이 없어 (좋기만 하구만, 뭐가 문제냐는 반론이 대세!) 호소할 곳을 찾기도 어려웠다.

몇 달이 지나서야 이 희한한 현상의 원인이 밝혀졌다. 박혜경의 친구였던 옆 반 유진이, 나의 친구인 명아의 친구였던 현주에게 '너만 알고 있어' 라벨을 달고 다단계로 유통되는 정보를 공유해준 것이다. 박해경과 이미나는 신 선생에게 과외를 받는 5인방 멤버였던 것이다. 나머지 셋은 다른 반인데, 그 반에서도 신 선생과 그들만의 수업이 활발히 진행되는 중이라는 것이다. 정규 수업은 과외 때 일러준 내용을 확인하는 복습의 시간이었던 셈이다.

사실을 알게 된 나는 종일 우울했다. 마음속에서 실망과 환멸이 들개처럼 날뛰었다. 그동안 나는 그 편파적 수업조차 고수의 기벽 같은 것으로 여기며, 거기에 내가 알지 못하는 깊은 뜻이 있을 것이라 믿고 있었다. 허나 알고 보니 나는 은밀히 초청장이 발부된 파티에 때 빼고 광내며 눈치 없이 찾아온 불청객이었던 셈이었다. 신 선생에 대한 숭배의 마음이 부당하고 부도덕한 방식으로 유린당한 것 같았다.

그리운,

신 선생을 경멸한다고 개코나 달라질 건 없었다. 신 선생은 교장도 어쩌지 못하는 제멋대로 스타일의 권력자였다. 파격적 대우를 제시하는 대형학원을 물리치고 이 누추한 곳에 계셔 주는 것만으로도 학교가 감지덕지하는 형편이었다. 박해경은 자리가 너무 멀어서 미움의 사정거리 밖에 존재했기에 결국 나의 분노는 때마침 짝이 된 이미나에게 집중되었다.

옆자리의 이미나는 머리를 감지 않았고, 하얀 비듬을 견장 처럼 얹고 살았으며, 아무에게나 본데없이 신경질을 부렸다. 나의 재수떼기가 되기에 손색이 없었다. 그런데 그런 이미나 가 도리어 내게 먼저 소리를 지른 것이다. 너 재수 없다고.

"OK! 분명 니가 먼저 말했다? 니가 선빵 날렸으니, 그럼 이 제부터는 정당방위다?"

영화에서 본 것 같은 대사를 주절거리며, 나는 숨겨왔던 마 음을 본격적으로 드러냈다. 서로 같은 마음이라는 것을 확인 했기에 양심의 가책을 느낄 필요가 없어 오히려 편했다. 짝이 었지만 말을 섞지 않았고, 행여 지리적 인접성에서 기인한 신 체적 접촉이 발생하면 화들짝 몸을 움츠리는 방식으로 최선 을 다해 불쾌감을 표현했다. 초등학교 때도 해본 적 없는 유치 한 선 긋기가 19년 인생에 처음으로 시작된 것이다.

이미나는 나와 성적도 비슷해서 신 선생 때문에 시작된 우 리의 신경전은 종목을 달리하며 확장되었다. 성적표가 나오면

은밀한 루트를 통해 이미나의 점수를 추적하곤 했다. 졸다가도 책을 씹어먹을 것처럼 집중하고 있는 이미나를 흘끗거리면 따가운 죽비가 등에 꽂히는 듯 잠이 확 달아났다.

알 수 없는 박탈감에 기분이 가라앉는 날도 있었다. 교장도 건드리지 못하는 신 선생을 개인교사로 섭외하는 능력인데, 다른 과목이라고 혼자 공부할 리 없다는 합리적 의심이 모락모락 피어났기 때문이다. 드라마에서는 집안이 넉넉하고 부모의 학구열이 높으면 보통 아이들이 삐뚤어지던데, 이미나는 그조차도 아니었다. 근면한 공붓벌레가 고액 과외선생의 서포트를 받으며 잭의 콩나무처럼 나날이 SKY를 향해 자라나는 중이었다.

이미나에 대한 나의 마음은 미움, 질투, 선망, 오기 등 비슷하면서도 결이 다른 감정으로 변이를 거듭했다. 신 선생이 없어도, 아침마다 머리를 감아도, 애들한테 소리를 안 질러도, 너보다 더 잘할 수 있다고, 근거도 없이 홀로 절규했다. 만해 한용운처럼 걷잡을 수 없는 슬픔의 힘을 옮겨서 새 희망의 정수박이에 들어붓고 싶었다.

하지만 그해 가을, 나는 가장 중요하다는 9월 모의고사를 폭망했다.

이런 날에 어울리는 곳은 한강. 시험을 망칠 때마다 '한강이

그리운,

나 갈란다'라고 입방정을 떨었더니 어느새 자동으로 한강이 떠올랐다. 학교는 강의 북쪽이라, 집에 가려면 버스를 타고 다리를 건너야 했다. 나는 버스를 버리고 바람 부는 원효대교를 걷기 시작했다.

한강을 걸어서 건너는 것은 처음이었다. 남의 눈치 안 보고 한껏 우울할 수 있어 좋았다. 마음과 머리가 동시에 엉망이었다. 아무도 모르는 혼자만의 레이스였지만, 관객이 없다고 패배의 쓰라림이 덜하지는 않았다. 다리 아래로 검은 물이 출렁거렸다. 난간에 몸을 기대고 오래도록 강물을 내려다보았다. 수면에 비늘 같은 물결을 만들며, 강은 한 방향으로 도도하게 흘렀다. 인생 뭐 있어. 저렇게 흘러가면 되는 거지. 운동복을 입은 행인들이 달리기 속도를 줄인 채 의심스러운 눈초리로 자꾸 나를 흘깃거렸다.

"쳇, 다 관두라 그래. 더럽고 치사해서! 신 선생이고 이미나고 다 재수 없어. 그까짓 영어, 그까짓 대학, 다 필요 없다고 그래."

가상의 적대자에게 '간접화법으로 역정 내기' 신공을 발산했다. 맘껏 화를 내고 나니, 웬걸 기분이 더 거지 같았다. 다시 터덜터덜 걷기 시작했다.

그런데 다리를 절반 넘게 지났을 무렵, 생각지도 못했던 비극이 시작됐다. 계기판이 고장 난 고물차처럼 여태 시치미를 떼고 있던 연료통이 갑자기 바닥을 드러냈던 것이다. 종일 모의고사를 치르느라 두뇌는 과도하게 칼로리를 소모한 데다, 생전 해본 적 없던 극한 행군에 혈중 포도당 함량도 급속도로 고갈되고 있었다. 가방은 어깨를 짓눌렀고, 잎새에 이는 바람에도 나는 배가 고팠다. 한강까지 와서 익사 대신 아사에 도달할 형편이었다. 돌아갈까, 건너갈까. 버스 정류장은 다리 양끝에 있었지만, 이미 어떤 선택을 해도 애매한 위치였다. 버스로 건널 때는 금방이었는데, 실제로 와보니 열패감에 찌든 저질 체력으로 감당할 수 있는 거리가 아니었다.

결단을 내리지 못하면서도 다리는 꾸역꾸역 앞으로 전진했고, 마침내 나는 폴더폰처럼 꺾인 몸을 고수부지 벤치에 내려놓았다. 저녁 장사를 준비하는 포장마차에서는 치명적인 냄새가 흘러나왔다. 망친 모의고사든, 전망을 상실한 미래든 이제는 관심 밖이었다. 혈당량과 체온이 시간차로 하락하더니, 급기야 두통과 우울이 팀을 이루며 달려왔다. 하지만 주머니 속에는 회수권 몇 장이 전부였다. 명색이 우아한 여고생인데 중삐리처럼 회수권을 내밀며 순대를 달라고 조를 수는 없었다. 아무래도 굴욕사보다는 아사가 깔끔했다. 아우성치는 뱃속에 회심의 일격을 날려도 보았다.

'이미나를 생각해. 이미나를 생각하라고. 이런 상황에서도 식욕이 떨어지지 않는다면 니가 개돼지와 다를 바가 뭐야.'

그리운,

잠시 후 개돼지가 된 나는 강변에 앉아 사유와 명상에 빠져들었다.

'무와 멸치와 오뎅이 만나면 이런 냄새가 탄생하는구나. 떡볶이는 국물이 졸아들면서 채도와 명도가 점점 짙어지는구나. 닭꼬치는 여섯 번 양념을 바르고, 여섯 번 불 위에 몸을 뒤집은 후에야 완성되는 장인의 작품이었구나. 아 참, 따끈한 순대를 고춧가루가 섞인 소금에 찍어서 씹으면 어떤 소리가 났더라?'

냄새와 구경은 공짜였기에 절박한 시선은 포장마차 안쪽을 오래도록 기웃거렸다. 데이트 나온 연인들이 순대와 튀김을 주문해놓고는 고새를 못 참고 닭꼬치까지 하나씩 집어 들었다. 어째서 난 저들의 일행이 아닐까. 익명성에 소외되어가는 현대인의 비애가 정통으로 위장을 후려쳤다. 혀짧은 소리를 내던 여자는 입도 짧았던지, 결국 그들은 주문한 음식을 절반이나 남긴 채 아스라이 사라져갔다. 아직도 김이 솔솔 올라오는 순대가 눈앞에서 가차 없이 쓰레기통으로 낙하하는 모습에는, 가슴이 찢어질 것 같은 비통함이 밀려왔다.

그때였다. 슬픔에 초점을 잃은 내 눈에 무언가가 포착되었다.

포장마차 옆 잔디밭에 나풀거리는 만 원짜리 한 장. 어리석은 백성이 제 뜻을 펴지 못하는 것을 그토록 가슴 아파하시던

한 분이 거기 계셨다. 가슴이 쿵쾅거렸다. 얼른 주변을 살폈지만 아무도 없었다. 나는 태연함을 연기하며 버선발로 달려가 그것을 집어 들었다. 세종대왕은 백성의 문맹만큼이나 후손의 허기짐까지도 가엽게 여기신 것이다. 과연 성군이셨다.

푸른 지폐를 주먹으로 움켜쥐고, 나는 벅차오르는 마음으로 한강을 바라보았다. 강물은 이 자리에서 수천 년을 흘렀다. 우주적 스케일로 관점을 넓히니, 지난 세월의 조잡스러운 집착들이 하찮게 느껴졌다. 다 무의미했다. 우울도, 분노도, 절망도, 신 선생도, 심지어 이미나조차.

과거는 힘이 없다.
나에게는 이제 쫄깃한 순대와 따뜻한 어묵이 보장된 밝은 미래가 기다리고 있었기 때문이다.

- 데우스 엑스 마키나Deus Ex Machina
  그리스 비극에서는 갈등이 꼬여 해결할 방법을 찾을 수 없을 때 갑자기 하늘에서 두둥 신이 등장한다. 도르래 같은 기계에 몸을 매단 신 역할의 배우는 착한 이에게 복을 주고, 못된 놈에게는 벌을 주며 그 밖의 모든 문제를 말끔히 쓸어버린다. 아리스토텔레스는 이런 끝판왕의 등장을 '데우스 엑스 마키나'라며 비꼬았다. 문자 그대로 직역하면, '기계장치에서 나온 신'이라는 뜻이다. 출생의 비밀, 재벌 2세 본부장님, 로또 당첨 등이 여기에 해당된다. 아 참, 잔디밭의 만 원짜리도 추가!

그리운,

언제까지나 사춘기

친구네 집에 가는 것이 좋았다. 남들은 이런 곳에서 사는구나. 여행이 없는 일상이라 다른 집에만 가도 엄청나게 설레었다. "오늘 우리집에서 놀래?" 반 친구가 물으면 절로 가슴이 두근거렸다. 선약 따위는 없는 삶, 불러주기만 하면 언제든 콜이었다.

친구를 집으로 부르는 아이들은 대부분 자기 방이 있었다. "들어오지 말랬지!" 동생한테 냅따 신경질을 부리고는 꽝 소리 나게 문을 닫을 수 있는, 간식을 챙겨 따라온 엄마가 들어가도 되느냐고 문을 똑똑 두드리는, 오직 방 주인의 물건만으로 꽉 찬 그런 방.

우리집엔 나만의 공간이 없었다. 집은 좁았고, 식구는 열한 명이나 되었으며, 나는 그중에서 서열 10위였다. 가족 누구도 혼자 방을 쓰는 사람은 없었기에 그다지 억울할 일도 아니었지만, 눈물이 쏟아질 것 같은 찰나에 재빨리 몸을 숨길 아지트 정도는 필요했다.

나의 대안은 이불장이었다. 이불 위에 누워 장롱문을 닫으면 순식간에 빛이 사라졌다. 물컹한 어둠 속에는 반짝이는 별들만 부유했다. 나는 곽 속 성냥개비처럼 두 팔을 겨드랑이에 붙인 채 허공에 떠다니는 별들에 시선을 맞추려 애쓰곤 했다. 아무리 눈동자를 굴려도 별들은 욕조에 빠진 비누처럼 내 시선을 피해 도망쳤다. 한참 별과 씨름을 하다 보면 어느새 찔끔거리던 눈물은 말라버리고, 간질간질한 안락함이 발바닥 끝에서 꼬물거렸다. 나갈 때가 된 것이다. 웅크렸던 다리를 펴며 드르륵 장롱 미닫이문을 열면, 방에 누워있던 식구들이 소스라치게 놀라 비명을 질렀다. 볼 때마다 기막히게 재미있었다.

이 세상에 이불장과 꼭 닮은 공간이 존재한다는 사실을 알게 된 것은 고등학생 때였다. 약국 건너편에 독서실이 생겼다. 척추의 곡선을 닮은 과학적 등받이라나 뭐라나, 최신 아이템 하이테크 의자를 장착했다며, 몇 주 동안 독서실 전단지가 동네를 폭격했다. 여태 공부를 못했던 이유가 의자 등받이 때문

에필로그

이었던 양, 독서실이 문을 열자마자 인근 중고생들이 죄다 그 곳에 짐을 풀었다.

처음 내 자리를 배정받은 그 날의 기억이 아직도 생생하다. '여고생' 푯말이 붙은 방문을 열자, 안쪽에 고여있던 어둠과 고요가 안개처럼 바닥을 타고 흘러나왔다. 눈앞에 보이는 모든 것이 완벽하게 마음에 들었다. 무성의한 조명, 나른한 공기, 자폐적 책상, 몰두하는 램프, 은닉의 사물함⋯. 오랜 여행에서 돌아와 마침내 안식처에 도달한 기분이었다.

독서실을 좋아했다는 것이 공부를 열심히 했다는 뜻은 결코 아니다. 공부 말고도 독서실에서 할 짓은 얼마든지 있었다. 연습장을 북 뜯어 친구한테 편지를 쓰기도 하고, 오른손이 글씨를 쓰는 동안 왼손으로는 쉴 새 없이 과자를 집어 먹기도 했다. (독서실에서는 과자나 소시지를 사탕처럼 녹여 먹는 것이 가능하다.) 이어폰에서 흘러나오는 '동물원' 노래를 BGM 삼아, '고도'를 기다리는 블라디미르와 에스트라공처럼 매일 같은 자리에서 조는 자들의 옆모습을 관찰하기도 했다.

정확히 말해 나는 독서실에 '있는' 것을 좋아했다. 독서실은 오히려 공부하기 싫은 날에 더 요긴했다. 왜 이러지? 마음이 어지러워 공부가 안 되는 것인지, 공부가 하기 싫어 마음이 널뛰는 것인지 알 수 없었다. 그런 날에는 의자에 앉아 오래도록 정면을 바라보았다. 포스트잇을 붙여놓은 칸막이를 스크린

삼아 낮에 학교에서 있었던 일들이 영화처럼 재생되었다. 똑같은 배경에 별다른 사건도 발생하지 않는데, 등장인물만 불현듯 낙담해버리는 사이코 드라마. 가끔 랙 걸린 듯 같은 장면이 반복되기도 했는데, 그럴 때면 자주색 비닐 커버의 프라임 영한사전에 한참이나 이마를 박고 엎드려 있었다. 고개를 숙이고 서서히 숨을 고르면 공기 속에 항생제 성분이 떠도는 듯 칼날에 베었던 마음이 자동으로 치유되는 것이다.

고3 때 집이 철거되었다. 낡은 주택을 허물고, 여기저기서 똑같이 생긴 다가구주택을 올리는 중이었다. 폭탄을 맞은 듯 동네가 쑥대밭이 되었다. 다른 곳도 사정이 비슷했는지, 전국적으로 시멘트가 동이 나 공사가 중단되었다. 석 달이면 끝난다던 집 짓기가 1년이 넘도록 제자리였다. 딴 집에서는 고3 수험생 때문에 문소리도 크게 못 낸다던데, 우리 가족은 깔끔하게 집을 허물어버렸다. 온 식구가 단칸방으로 이사를 갔다.

이사 간 곳에서는 귀 어두운 할아버지가 텔레비전 볼륨을 최대로 높인 채 종일 방 안에서 담배를 피웠다. 식구들이 뿜어낸 이산화탄소와 할아버지의 담배 연기가 만나 단칸방에는 노상 스모그가 자욱했다. 야자가 끝나고 집에 도착해 방문을 열면 견딜 수 없는 절망의 냄새가 쏟아져 나왔다. 나는 신발도 벗지 않고 도시락통만 던져버린 채 그대로 독서실로 도망쳤

에필로그

다. 집에서 독서실까지는 500미터. 이유도 없이 자꾸 한숨이 터졌다.

성적은 줄기차게 떨어지고, 감정은 제멋대로 날뛰었는데, 그 와중에도 종일 잠이 쏟아졌다. '자고 싶다'와 '잘 수 없다'의 처절한 각축장이 고3의 책상이다. 책상에 고개를 꺾고 자 본 자들은 알 것이다. 그 비참하고도 절망적인 기분을. 수마는 살그머니 다가와 회백색 물감을 뇌간에 떨군다. 컵에 잉크가 번지듯 서서히 시야가 흐려진다. 악을 쓰며 저항해보지만, 정신을 차리고 보면 이미 한 뭉텅이의 시간이 증발해버린 뒤였다.

빨래처럼 널브러진 몸을 일으켜 반수면의 의식으로 주변을 둘러보면, 책상 귀퉁이에 떡이나 귤 같은 것이 놓여 있었다. 엄마와 나이가 비슷한 주인아주머니는 종종 간식을 들고 들어와 살그머니 내 등을 두드려주곤 했다. 혼곤한 졸음을 밀어내려 고개를 들면 누군가의 책상에서 새어 나온 형광등이 가느다란 빛을 천장에 쏘았다. 그 아래에서 최선을 다해 소리를 죽인 다른 이들의 기척을 느끼며, 어차피 지금은 모두가 딱 이만큼의 세상을 차지하고 있다는 사실에 조금은 덜 외로웠다.

최후의 독서실은 대학 4학년 때였다. 마지막 학기라서 이틀만 등교하면 졸업에는 지장이 없었다. 대학원 진학을 준비하고 있었는데, 끄트머리에 몰리니 고질적 패배주의가 다시 꿈

틀거렸다. 너무나도 독서실에 가고 싶었다. 친구들은 니가 가 겠다는 곳이 설마 중고생이 다니는 그 '독서실'을 말하는 거냐 며 진지하게 되물었다. 중앙도서관도 있고 단과대 도서관도 있는데, 애들 가는 독서실을 가겠다고?

이미 봐둔 곳도 있었다. 새로 생긴 아파트 상가 2층, 궁서체 의 단아한 간판을 걸어놓은 그곳은 집현전 독서실. 이름까지 도 마음에 들었다. 동기들의 비웃음을 뒤로하고, 설레는 마음 으로 집현전의 문을 열었다.

"어! 대학생이에요? 나둔대."

회원카드에 내 이름을 적던 여자의 표정이 환해졌다. 미애 는 회계사 시험을 준비하는 학생이었다. 4학년 졸업반. 전공 은 스페인어. 따분한 표정으로 앉아 있다가, 내가 화장실을 가 거나 물을 먹으러 나오면 격렬하게 나를 붙잡아 놓고 믹스커 피를 타왔다. 졸업하기 전에 회계사 시험에 붙는 것이 목표라 고 말하는데, 두 눈에는 권태가 드글드글 붙어 있었다.

"공부하는 거 재미있어요?"

한 살 어렸던 미애는 자기 얘기도 잘하고, 남 얘기도 스스럼 없이 물어보았다.

자기는 시험공부하는 것이 싫지는 않은데, 너무 지긋지긋하 다며 먼 산을 바라보았다. (대체 좋다는 거야, 싫다는 거야?) 공부 하는 것은 재미있는데, 이런 짓을 하면서 살 생각을 하면 불행하다는 말도 덧붙였다. 여전히 아리송했지만, 어쩐지 조금씩 설득되어가는 기분이었다. 마침내 그녀가 '회계사 시험에 붙고 싶지만, 회계사로 살고 싶지는 않다'는 최후의 변을 내뱉었을 때, 내 입에서는 '배부른 소리 하시네'라는 냉소 대신 '뭔지 알 것 같다'라는 말이 툭 튀어나왔다. 그날로 우리는 술친구가 되었다.

방금까지 독서실에 앉아 있던 내가 정신을 차리고 보니 어느새, 얼마 전까지 생면부지였던 여자와 함께 신림동 호프집에 앉아 있었다. 우리는 각자의 인생극장을 낭송하는 중이었다. 시작은 미애였다. 엄마는 딸 대신 종교를 선택했고, 선택한 정도가 아니라 아예 종교에 귀의했고, 그래서 어린 시절 내내 외로웠고, 남친이 생겨 외로움이 덜했으나, 커플로 시험공부를 하자며 바람을 넣었던 그와는 이제 헤어졌다. 눈물 없이는 들을 수 없는, 바람 찬 흥남부두에 어울리는 사연이었다.

분명 쓸쓸한 스토리인데, 미애가 하도 깔깔대며 말하는 통에 자꾸 장르가 헷갈렸다. 엄마가 도망가거나, 온 가족이 빚더미에 올라앉는 장면처럼 고난이 클라이맥스에 도달할 때마다 미애는 호쾌하게 원샷을 외쳤다. 쟁그랑! 호프 잔이 부딪치는 투명한 소리가 미애의 슬픔 위에 갈채처럼 쏟아졌다.

가난과 외로움이 주제라면 나도 꽤 할 말이 많았던 터라, 미애의 이야기에 자꾸 끼어들고 싶어졌다. 야, 말도 마. 그건 약

과라니까. 난 더 심했어. 미애의 외로움에 나의 고독이 떠올랐고, 그녀의 방황에 나의 불안이 소환되었다. 어느새 우리는 누가누가 더 꿀꿀했나, 내기라도 하는 것처럼 서로의 불행에 각주를 달았다. 갑자기 미애가 정색하고 내게 물었다.

"나도 언니처럼 국문과 대학원이나 갈까?"

"느닷없이? 야, 누가 인생의 진로를 골뱅이 먹다가 정하냐?"

다음날 미애는 두꺼운 수험서를 말끔히 치워버렸다. 술김에 농담한 줄 알았는데, 아니었다. 독서실에 며칠 휴가를 내더니, 얼마 지나지 않아 책꽂이를 대학원 시험교재로 가득 채웠다. 발상이 결심을 거쳐 실천에 이르는 기세가 거의 광속에 가까웠다.

그 모습에 나는 조금씩 불안해졌다. 이런 캐릭터는 처음 보았다. 우연한 사건에 연루되어 주인공의 삶이 점점 꼬여가는 부조리극에서 최초로 그 전락의 빌미를 제공한 악역이 된 기분이었다. 내가 독서실 대신 도서관에서 공부했다면 유능한 회계사 한 명이 탄생할 수도 있었던 것 아닌가. 하지만 지긋지긋하다던 시험공부를 때려치운 덕인지, 미애의 얼굴에는 전에 없던 생기마저 감돌았다. 이미 물은 엎질러졌는데 그녀는 엎질러진 물을 주워 담을 의사가 조금도 없어 보였다.

'어떡하지?'에서 '에라, 모르겠다'로 순식간에 태세를 전환한 나는, 동지가 생겨 오히려 점점 신이 났다. 우리는 수시로 신림동에 나가 술을 마시며, 인생을 얘기하고, 문학을 논하고, 개똥철학을 읊어댔다. 각자의 모교로 진학을 하면, 가끔씩 만나 스터디도 하고 논문도 같이 쓰자며, 도원결의에 이어 합격주까지 미리 땡겨 마셨다. 모든 것이 채 한 달도 되지 않은 시간에 벌어진 일이었지만, 눈앞의 미애는 오래전부터 알고 지냈던 사람처럼 어쩐지 낯이 익었다.

그녀는 왜 회계사 공부를 시작했던 것일까. 그렇게 지겹다고 치를 떨면서 어째서 이를 악물고 버틴 것일까. 버리고 나서야 자기가 그걸 얼마나 싫어했는지 알게 되었다며, 미애는 말끝마다 후련하다를 반복했다. 대학생 정도면 어려운 결정도 척척 해낼 줄 알았는데, 10대가 저물어도, 어른이 되어도, 분명한 것은 아무것도 없었다. 심지어 내가 진짜로 원하는 게 무엇인지도.

미애와 나는 그해 겨울 각자의 모교에서 대학원 시험을 치르고는 함께 집현전을 빠져나왔다. 커다란 가방에 비슷한 전공 서적을 욱여넣으며, 우리는 씩씩하게 악수를 하고 헤어졌다. 말로는 신림동에서 자주 만나자고 후일을 다짐했지만, 그것이 쉽지 않으리라는 것은 서로 잘 알고 있었다. 유년은 저물었고, 7년 암중모색이 끝난 매미처럼, 이제 우리에게 남은 일은 나무에서 떨어지는 그 날까지 세상을 향해 맹렬하게 절규

하는 것뿐이었다.

돌발처럼, 사건처럼 진로를 틀었던 미애는, 결국 그곳에서 평생의 일을 찾았다.

...

얼마 전 안방 한 귀퉁이에 독서실 책상 하나를 가져다 놓았다. 뭐지? 식구들이 모두 어리둥절한 표정으로 쳐다본다. 세일하길래 용접기를 하나 장만한 것도 아닌데, 뭐 이렇게 난리를 치는지. 아들 둘이 쫓아다니며 뭐냐고 계속 묻는다. 나는 대수롭지 않게 대답한다. 오래전부터 꼭 갖고 싶었던 거야. 아주 오래전부터. 누구나 독서실 책상 하나쯤은 갖고 싶어 하잖아, 왜.

마음에 주기적으로 질풍이 불고, 불안의 정령들은 아직도 내 방 앞을 서성거린다. 내 속에는 내가 여전히 많다. 그럴 때면 그때처럼 거기에 앉는다. 네모난 공간 속에 머리를 묻고, 하나. 둘. 셋. 넷. 작은 소리로 숨을 고른다. 어느새 머리 위로 투명한 막이 내리고, 주위의 빛과 소음은 서서히 물러난다. 눈을 감는다. 투명한 별들이 어둠 속에 부유한다. 다섯, 여섯, 일곱, 여덟… 저 깊은 곳에서 따뜻한 물이 찰랑거리며 차오른다.
간질간질한 안락함이 발바닥 끝에서 꼬물거린다.

나의 사춘기는 아직 끝나지 않은 모양이다.

가랑잎에도 짤짤

초판 1쇄 펴낸날 2022년 6월 17일
지은이 김송은 펴낸이 원미연
기획편집 원미연 디자인 정계수 제작 프리온
펴낸곳 꽃피는책 등록번호 691-94-01371
주소 서울시 금천구 독산로58나길 53 한신빌 501호
전화 02-858-9917 팩스 0505-997-9917
E-mail blossombky@naver.com
ISBN 979-89-978945-0-3 03810